Renate & Uwe H. Sültz

Bücher von A bis Z

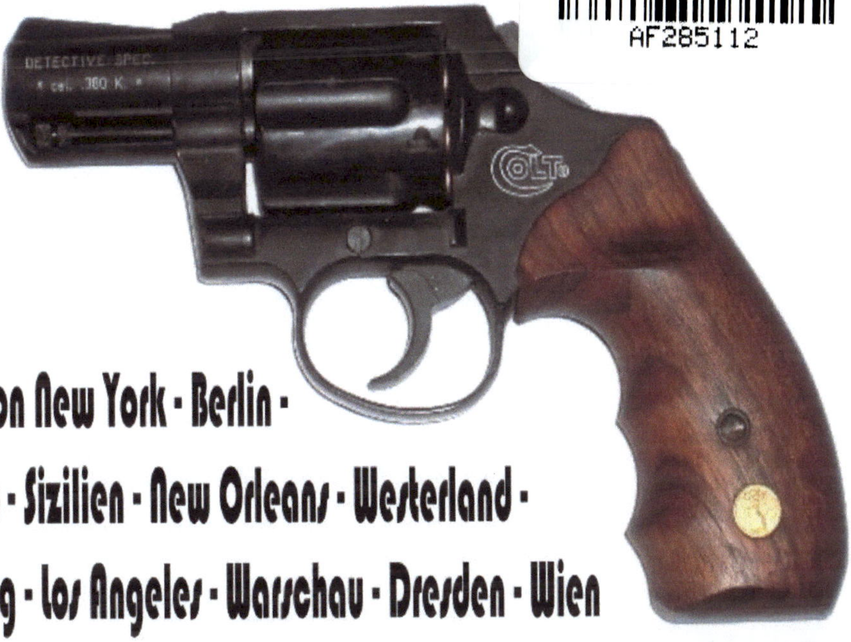

Die Straßen von New York · Berlin ·

San Francisco · Sizilien · New Orleans · Westerland ·

Köln · Salzburg · Los Angeles · Warschau · Dresden · Wien

SÜLTZ BÜCHER bei BoD

BoD - Books on Demand
Norderstedt 2020

Bibliografische Information durch die Deutsche Nationalbibliothek
Die Deutsche Nationalbibliothek verzeichnet diese Publikation in der
Deutschen Nationalbibliografie; detaillierte bibliografische Daten
sind im Internet über http://dnb.dnb.de abrufbar.

Folge SÜLTZ BÜCHER auf

GOOGLE

Sültz Bücher

Pointman2020 Aktives Mitglied bei **pixabay**

© Renate & Uwe H. Sültz
Herstellung und Verlag:
BoD – Books on Demand, Norderstedt
ISBN 9-78375-2-84042-1

Inhalt:

3

<u>Vorwort</u> von Hans Schemberg, Kommissar a.D.

Mein Name ist Hans Schemberg. Ich bin Polizeibeamter in verschieden Städten in Nordrheinwestfalen gewesen. Kriminalität hat es immer schon gegeben. Wie Kriminalität entstanden ist, wird wohl niemand heraus- finden. Biblisch begann es wohl mit Adam und Eva (Buch Genesis, Kapitel 2 bis 5). Auf jeden Fall gehören Eifersucht, Neid, Missgunst usw. dazu. Als junger Polizist hatte ich es mit Bankraub, Ehedramen, Diebstahl und vor allem mit Prügeleien zu tun. In meinem Revier (Unna/Bergkamen/Rünthe) nannte man mich den Sheriff. Oft wurde ich zu Kneipenstreitigkeiten, bzw. Prügeleien gerufen. Damals herrschte noch das Faustrecht. Weiter ging es als Ausbilder nach Brühl zur Polizeischule.

Polizeiausbildungsinstitut in Brühl

Die Kriminalität hat sich im Laufe der Zeit verändert. Besser gesagt, es sind viele Dinge hinzugekommen, wie etwa die Internetkriminalität. Das Internet ist etwas sehr gutes, kann aber auch sehr negativ genutzt werden. Da sind wir wieder bei der Bibel, der Apfel ist auch ein sehr gesundes Obst. Internet verbindet die Menschen. In Sekundenschnelle rasen Neuigkeiten rund um die Welt. Dieses Kriminalgeschichtenbuch ist nach Erscheinen in New York, in San Francisco, in Melbourne, in London, in Berlin und in vielen, vielen weiteren Städten erhältlich. Und das Internet ermöglicht ein sofortiges Erscheinen als eBook auf dem Bildschirm. Aber es gibt auch Internetbetrug. Es gibt Cyberkriminalität. Besonders schlimm, aus meiner Sicht, sind sogenannte "Scammer", das sind klassische Heiratsschwindler im Netz, gaukeln die große Liebe vor, wollen dann aber Geld für Flug, Visum, Arztbesuch, und, und, und. Fallen Sie darauf bitte nicht herein! Rufen Sie die Polizei!

In diesem Buch finden Sie nicht nur neue Kriminalkurzgeschichten des Autorenpaares Sültz auf Sylt, sondern auch Schicksalsgeschichten von Kolleginnen und Kollegen aus dem privaten Bereich. Es ist also nicht nur ein ganz normales Kriminalgeschichtenbuch, es zeigt auch, dass meine Kolleginnen und Kollegen Menschen mit viel Gefühl sind, und das rund um den Globus.

Am Ende dieses Buches finden Sie meinen Fall „Der Balkon zum Jenseits". Ich habe diesen Fall für dieses Buch ausgewählt, da es

Eifersucht, falsch verstandene Liebe, aber auch Mord und natürlich das Internet miteinander vereint.

Nach dem Vorwort startet das Buch mit einer Liste von internationalen Notrufnummern, falls Sie dieses Buch als Urlaubslektüre mit ins Ausland nehmen.

SÜLTZ BÜCHER sind wie immer in etwas größerer Schrift, wenn Sie die Brille nicht zur Hand haben sollten. Zum Schluss bleibt zusagen, wie auch immer sich die Kriminalität verändert und entwickelt, meine Kolleginnen und Kollegen werden immer dagegen angehen, lernen, sich weiterentwickeln und die Bürgerinnen und Bürger schützen.

Ich wünsche Ihnen alles Gute auf all Ihren Wegen. Vor allen Dingen Gesundheit und Sicherheit.
Denken Sie bitte immer daran, die Polizei ist immer für Sie da! Ob die 110 oder die 112, hier wird Ihnen geholfen.

Ihr Hans Schemberg

Notrufnummern
alle Angaben ohne Gewähr und Anspruch auf Vollständigkeit

Land/Region	Polizei	Feuerwehr	Rettungsdienst
Europa (EU)	112	112	112
Österreich	112 oder 133	122	144
Schweiz	117 oder 112	118 oder 112	
Liechtenstein	117 oder 112	118 (oder 112)	144 (oder 112)
Argentinien	101 oder 911	100 oder 911	107 oder 911
Australien	000	000	000
Belgien	101 oder 112	100 oder 112	100 oder 112
Brasilien	190 (Policia Militar, Bereitschaftspolizei)	193	192
Bulgarien	112 oder 166[12]	112 oder 160 [12]	112 oder 150[12]
China	110	119	120
Costa Rica	911	911	911
Dänemark	112	112	112
Estland	112[13]	112	112
Frankreich	17 oder 112	18 oder 112	15 oder 112
Finnland	112	112	112
Griechenland	100 oder 112	199 oder 112	166 oder 112
Indien	100 oder 108 oder 112	101 oder 108 oder 112	102 oder 108 oder 112
Irland	999 oder 112	999 oder 112	999 oder 112
Island	112[16]	112[17]	112[18]
Israel	100	102	101

Italien	113 oder 112	115 oder 112	118 oder 112
Japan	110	119	119
Jordanien	911	911	911
Kanada	911	911	911
Kasachstan	102 oder 112	101 oder 112	103 oder 112
Kolumbien	123	123 oder 119	123
Kroatien	192 oder 112	193 oder 112	194 oder 112
Lettland	112	112	112 oder 113
Litauen	112	112	112
Luxemburg	113	112	112
Namibia	10 111	keine einheitliche Nummer	
Neuseeland	111	111	111
Niederlande	112	112	112
Norwegen	112	110	113
Osttimor	112	115	112
Palästinensische Autonomiegebiete	100	102	101
Polen	997 oder 112	998 oder 112	999 oder 112
Portugal	112	112	112 |Waldbrand: 117
Russland	102 oder 112	101 oder 112	103 oder 112

Serbien	192 oder 112	193	194
Sierra Leone	000	999	112 | Polizeinotruf auch 900
Singapur	999	995	995
Slowakei	158 oder 112	150 oder 112	155 oder 112
Slowenien	113 oder 112	112	112
Spanien	091 (nationale Polizei), 092 (lokale Polizei) oder 112	080 oder 112	061 oder 112
Schweden	112	112	112
Südafrika	10 111 oder 112 (nur Mobilfunk)	10 111 oder 112 (nur Mobilfunk)	10 111 oder 10 177 oder 112 (nur Mobilfunk)
Südkorea	112	119	119
Taiwan	110	119	119
Thailand	191	199	1669
Tschechien	158 oder 112	150 oder 112	155 oder 112
Türkei	155 oder 112	110 oder 112	112
Ukraine	102 oder 112	101 oder 112	103 oder 112
Ungarn	107 oder 112	105 oder 112	104 oder 112
Uruguay	911	911	911
Vereinigte Arabische Emirate[19]	999	997	998
Vereinigte Staaten	911	911	911
Vereinigtes Königreich	999 oder 112	999 oder 112	999 oder 112

Cyber Tee

In Berlin sind Fälle von Vergiftungen aufgetreten. Kurze Zeit später in ganz Deutschland. Erste Todesfälle werden bekannt. Nun wurde in Berlin eine Sonderkommission gegründet, die die Vergiftungsfälle untersuchen soll. Kommissar Jörg Wehmer leitet die **SoKo 2020 Gift**. Man geht bislang von einer Verunreinigung in Lebensmitteln aus. Die bisherigen Todesfälle sind in einem Alter zwischen 30 und 80 Jahren. Vergiftete Kinder sind nicht bekannt. Alle Lebensmittel werden diskutiert. Was essen und trinken Personen zwischen 30 und 80 Jahren? Warum gingen die ersten Beschwerden zunächst von Berlin aus bis über ganz Deutschland? Fragen über Fragen. Es konnten keine Antworten gefunden werden.

Weihnachten 2019 gab es 124 Fälle von Vergiftungen. Im Januar 2020 waren es 1066 Fälle und 16 verstorbene Menschen. Die Zahlen erhöhten sich im März 2020 auf über 150.000 Vergiftungen und 24.000 Toten. Die Obduktionen zeigten immer wieder das gleiche Ergebnis: STRYCHNIN

Wie gelangt das Gift in die Menschen? Wie nehmen sie es auf?

Dann werden die Beamten in Berlin gewarnt. Eine ausländische Mail wird geöffnet. Höchste Sicherheitsstufen werden eingehalten. Zunächst wird der Anhang in der Mail nicht geöffnet, denn hier steckt oft die Gefahr. Eine Überprüfung ergab grünes Licht:

„When does the tea dealer finally pay? Do more people have to die?" Der Übersetzer zeigte an: **„Wann endlich bezahlt der Tee Händler? Müssen noch mehr Menschen sterben?"**

„Tee!", schrie Kommissar Wehmer in den Raum. „Es ist also Tee!" Die Sonderkommission wurde unbenannt in **SoKo Cyber-Tee.**

Da die Vergiftungen von Berlin ausgingen, wurden Berliner Tee-Firmen und Händler aufgesucht. Fast zeitgleich traf ein Brief bei der Polizei ein:

Achtung! Überprüfen Sie den Teehändler Wertgreven. Der Chef wird erpresst.

Kommissar Wehmer besuchte mit einer Kollegin den Tee-Händler. Der Inhaber zeigte sich unangenehm überrascht. Nach langen Gesprächen knickte er aber dann doch ein. „Ja, ich gebe zu, unsere Firmensoftware wurde angegriffen. Aber es ist doch alles wieder in Ordnung. Alles läuft einwandfrei." Ein Computerexperte ließ sich das Firmenprogramm vorführen. „Nun, genau habe ich keine Ahnung davon", sagte der Tee-Händler, „aber hier sehen Sie, von der Bestellung der Teeblätter, über die verschiedenen Mischungen bis zur Kontrolle läuft alles tadellos. Und trotzdem erhalte ich immer noch Mails, das ich 1,5 Millionen Euro bezahlen soll. Wofür denn?" „Nun, vielleicht um Leben zu retten. Sie hätten uns sofort kontaktieren müssen.", so der Kommissar. Der Computerexperte stellte eine Frage: „Es scheint alles in Ordnung. Ihre Computersprache ist Java. Alles läuft reibungslos. Trinken Sie Ihren Tee auch selbst?" „Nein, mein Vater baute die Tee-Firma auf. Ich trinke nur Kaffee." „Und niemand testet die Teemischung?" „Wozu? Das macht doch das Computerprogramm bei der Analyse."

Die Beamten nahmen Proben mit. Außerdem schlossen sie vorübergehend den Betrieb.

Tage später lag die Analyse vor. 12 Teemischungen wurden überprüft, eine ist tödlich. In der Mischung Schwarzer-Tee lässt sich das Gift der Brechnuss nachweisen, es heißt Strychnin.

„Ja, und Schwarzer-Tee wird genau von dieser Altersgruppe bevorzugt. Nun ist die Frage, wie hängt das computertechnisch zusammen? Die Hintermänner werden wir bestimmt nicht fassen. Ist der Tee-Händler mitverantwortlich für die vielen Verstorbenen?", fragt der Kommissar.

Der Computerexperte nahm sich den Rechner des Händlers vor. Alle Mails wurden endgültig im Vorfeld vom Händler gelöscht. Nun arbeitete sich der Computerexperte, dessen Name hier absichtlich nicht erwähnt wird, in das Java Programm ein. Nach drei Tagen stellte sich folgendes heraus: Ausländische Hacker programmierten den Rechner so um, dass vergiftete Substanzen, als Teeblätter deklariert, erworben wurden, mit denen der oder die Hacker zusammenarbeiten. Das Gift gelang so in den Tee-Mischer für Schwarzen-Tee. Andere Tee-Sorten und Mischmaschinen blieben sauber. Die Hacker programmierten nun das Analyseverfahren und deren Auswertungen um. So wurde der Schwarze-

Tee wieder sauber. Mehrere Hunderttausende Tee-Packungen der Sorte Schwarzer-Tee lagen im Lager. Alles wurde vernichtet. Ein groß angelegter Rückruf wurde eingeleitet. Im Juni 2020 schien der Cyber-Angriff überstanden zu sein. Aber über 24.000 Tee-Trinker mussten sterben. Die **SoKo Cyber-Tee** wurde nicht aufgelöst, denn jetzt sucht man die Hacker und die Mittelsmänner, die verantwortlich sind. Es ist die Stecknadel im Heuhaufen, aber die Beamtinnen und Beamten der Kriminalpolizei werden besser und besser.

Hacker ohne Skrupel

Über die Straßen von San Francisco werden eilig in Krankenwagen viele Patienten auf andere Krankenhäuser verteilt. Die Polizei sorgt für freie Wege. Die Nähe der Stadt zur San-Andreas-Verwerfung birgt ein erhöhtes Risiko für Erdbeben. Am 18. April 1906 ereignete sich das bislang schwerste Erdbeben. Es erstreckte sich von San Juan Bautista bis Eureka und hatte eine Stärke von 7,8 auf der Richterskala. Als Folge von Bränden und Sprengungen wurden dabei rund 3000 Menschen getötet und drei Viertel von San Francisco zerstört, beziehungsweise erheblich beschädigt. Dieses Mal sieht es so aus, als würden noch weit viel mehr Menschen ihr Leben verlieren. Und mittlerweile leben in San

Francisco über 900.000 Menschen. Warum werden so viele Patienten in andere Krankenhäuser verteilt? Was ist passiert? Rückblick:

2025 wurde das neue Krankenhaus an der Howard Street Ecke Main Street eingeweiht. Die Straßen von San Francisco sind vollkommen überfüllt. Der Bürgermeister und sein Team suchten eine schnelle Möglichkeit um schneller in den Osten, etwa nach Oakland zu kommen. Dies geschieht nun über die Oakland Bay Bridge. Das „New Future Hospital" ist das wohl weltweit modernste Krankenhaus in den USA. Durch eine eigene Satelliten-Anbindung ist das New Future Hospital mit allen Krankenhäusern und Entwicklungslaboren auf der gesamten Welt verknüpft. So ist das Chinesische Coronavirus, jetzt Typ 5, auch in den USA wieder ausgebrochen und innerhalb von 3 Wochen im New Future Hospital besiegt worden. Damals im Jahr 2020 sind beim Typ 4 zigtausend Menschen weltweit gestorben. Auch dieses Virus, Type 5, forderte weltweit viele Menschenleben in 2025. Rund um die Welt sind innerhalb von wenigen Stunden Gegenmaßnahmen hergestellt und verteilt worden. Ein Erdbeben oder der Virus waren es nicht, was die Massenevakuierung ausgelöst hat, aber mit dem Wort Virus hängt es schon zusammen.

Virus bedeutet schon vom Wort her „Gift". Bislang stürzten Programme ab, es wurden Freischaltungsgelder verlangt. Einmal gestartet, kann es Veränderungen im Betriebssystem oder an weiterer Software vornehmen, mittelbar auch zu Schäden an der Hardware führen. Als typische

Auswirkung sind Datenverluste möglich. So ist die Sachlage dieser Kriminalität. In diesem Fall liegt der Sachverhalt jedoch anders. Ein Virus wurde in die Computer des New Future Hospital eingeschleust. Alle Alarmsysteme bemerkten nichts, denn es kam zu keinem Computerabsturz. Auch gab es keine Männchen oder Geldforderungen auf dem Bildschirm. Alles lief so wie immer. Der automatische Medikamentenverteiler (**Drug Distributors DD1**) lief vollautomatisch. Das System DD1 gibt automatisch die passenden Medikamente direkt im Zimmer der Patienten aus. Eine Klappe öffnet sich zum richtigen Zeitpunkt, ein Becher fällt aus einem Bechervorrat und wird automatisch mit Wasser gefüllt. Dieses System ist in allen Zimmern vorhanden. Der behandelnde Arzt gibt die Daten in das Computersystem ein, alles Weitere wird automatisch erledigt, sogar Nachbestellungen von Medikamente bei den günstigsten Produzenten. Aber immer noch nicht ist das Problem erkannt. 83 Patienten sind innerhalb von 24 Stunden gestorben. Über 500 hätten es sein können, wenn das Hospital nicht sofort evakuiert worden wäre. Detective Lieutenant Jack Stones und der Computerexperte Bill Wates untersuchen den Cyberangriff. Für einen Computerexperten, der jede Computersprache beherrscht, etwa C oder Java, wobei alles mit Basic und der Maschinensprache begann, ist der Fehler schnell gefunden. Mittlerweile sind alle Patienten außer Gefahr, denn alle Krankenhäuser untersuchten und behandelten die Patienten nicht nach dem Automatik-Plan, sondern von Ärzten und Krankeschwestern. Und genau das wurde bei dem Automatik-Programm des New Future Hospital zum Problem. Bill Wates findet heraus, dass Medikamente vertauscht wurde und sogar ausgetauscht wurde. Da keine zusätzliche Medikamente eingebracht wurde, die zuerst durch einen Arzt abgesegnet hätte werden müssen, bemerkte das Computer-Schutzprogramm nichts. Auf diese Weise starben die Patienten, wegen falscher Medikamente. Wer könnte solch einen Anschlag verüben? Das Warum könnte Geld sein. Ins Programm kann ein Hacker gekommen sein. Aber wie veränderte der Hacker das Programm. War es eine Mail mit Anhang? Fragen über Fragen. Wates arbeitet nun mit einem Ärzteteam zusammen, um alle Fehler des automatischen Medikamentenverteilers DD1 auszuräumen. Selbstverständlich wurde das Krankenhaus vom Netz genommen. Durch die eigene Satelliten-Anbindung scheint die Internetverbindung wohl sicher zu sein. Alle weiteren Krankenhäuser haben schließlich keine Probleme. Aber sicher ist sicher.

Detective Lieutenant Jack Stones war Polizist durch und durch. Er vermutete eher einen Feind in den eigenen Reihen. Jeder, der zum Computer Zutritt hat, wird vernommen. Jeder musste zur SFPD Tenderloin Station in die Eddy Street Ecke Jones Street. Jeder wurde hart ausgefragt, denn es gab schließlich 83 Tote und es hätten weitaus mehr werden können. Der Arzt aus dem Austauschprogramm New York/San Francisco, Dr. Norman Jonson, gestand schließlich, dass er einen USB-Stick vor der Frauen-Umkleidekabine gefunden hat.

Er vermutete Nacktbilder von Krankenschwestern darauf. Sofort wollte er den USB-Stick ansehen und kopieren. In der Tat waren Pornografische Bilder zu sehen, aber nicht vom Krankenhausteam. Den Stick stellte er bereitwillig der Polizei zur Verfügung. Jonson gestand außerdem, diesbezüglich krank zu sein.

Für Detective Lieutenant Jack Stones stand immer fest, ein Erpresser will, dass jeder weiß, wer er ist. Das ist das Resultat aus 30 Jahren Kriminalität. Und genauso sollte es wieder sein. Ein Bekennerschreiben lag nach vier Tagen vor. Es wurden drei Millionen Dollar verlangt. Der Zusatz könnte den Urheber verraten. *__Das habt ihr nun davon!__*

Stones vermutet, da der Brief in bester Grammatik geschrieben ist und der USB-Stick im Krankenhaus gefunden wurde, dass es sich um einen Insider handeln würde, so wie er es von Anfang an vermutet hat.

Sofort wurde die Personalabteilung tätig. Treffer! Der Informatiker Jeff Linder ist vor einiger Zeit entlassen worden. Er war an der Entwicklung des Computerprogramms beteiligt und forderte eine feste Anstellung. Jedoch waren seine finanziellen Forderungen astronomisch, er war Spieler. Linder wurde festgenommen und seine private Computeranlage eingezogen. Die aus dem Darknet kopierten Nacktbilder waren zwar gelöscht, aber die Kriminalbeamten konnten die Dateien wiederherstellen.

Linder gestand und erwartet demnächst sein hartes Urteil. Das New Future Hospital arbeitet wieder und das Programm DDI läuft einwandfrei.

Am Tag als es Blutstropfen regnete

Im Jahre 1955 war die Mafia in Amerika und Italien sehr präsent. Jedoch bis heute regiert sie dort, schlimmer noch als damals. Meine Geschichte spielt sich auf Sizilien ab. Palermo soll angeblich heute nicht mehr gefährlich sein, doch im Jahre 1955 schon. Die kleinen Geschäftsleute konnten sich nur mäßig über Wasser halten. Arbeitslosigkeit war an der Tagesordnung.

Die Hälfte ihrer Tageseinnahmen floss an die Mafiabosse. Die Geldeintreiber waren brutale und ungebildete Kerle, die nur eines im Kopf hatten, ihrem Boss gefallen und gute Ergebnisse bringen. Doch irgendwie waren die Italiener Lebenskünstler. Sie machten aus schlechten Situationen wieder gute. Mama Loretta, so nannten alle die alte Frau, die in einer einsamen Nebenstraße wohnte. Loretta lebte mit ihren vier Söhnen zusammen. Antonio, Francesko, Mario und Paulo hießen sie. Obwohl, schon lange von Arbeitslosigkeit gebeutelt, gaben sie nie auf. Sie nahmen Tagesjobs an um auch ihre liebevolle Mutter satt zu bekommen. Erst gegen Abend begann das Leben in den Straßen und auf den Plätzen. Am Tage war es einfach zu heiß zum Arbeiten.

Loretta war das Familienoberhaupt der Beluccis und hatte nach dem Tod ihres Mannes alles bestens im Griff. Doch die Kraft fehlte ihr einfach um heute noch zu arbeiten. Sicherlich war sie auch zu alt. Mit 85 Jahren ging eigentlich nichts mehr. Den allabendlichen Einkauf aber ließ sie sich nicht nehmen. Der kleine Lebensmittelladen von Enrico war dabei immer ihr Anlaufpunkt. Sie kannten sich schon einige Jahrzehnte und Enrico vergas vollkommen die Zeit, wenn Mama Loretta den Laden betrat.

An diesem Morgen aber, war alles anders. Eine schwarze Limousine fuhr langsam und fast geräuschlos hinter der alten Frau her. Die Scheiben waren auch schwarz abgedunkelt, sodass niemand hineingucken konnte. Wie immer betrat die alte Dame den Laden von Enrico. Sie redeten und redeten. Die schwarze Limousine fuhr sehr langsam und hielt vor Enricos Laden an. Lautlos schlichen sie sich hinein und schlugen zuerst Mama Leone und dann den Ladenbesitzer nieder. Nur, die Schläge waren so brutal, dass die ahnungslose Frau mit dem Kopf auf den harten Steinboden schlug. Sie blutete so stark, dass alles Blut gegen die Wände spritzte. Dann machten sie sich an Enrico ran. Mit ihm machten sie das Gleiche.

Sie verschwanden so still, wie sie gekommen waren. Niemand hatte sie gehört und gesehen. Die sonst so belebte Straße war plötzlich totenstill. Warum ausgerechnet diese alte Frau? Warum überhaupt diese Morde. Die Mafia Bosse wollten wieder einmal zeigen, dass sie präsent sind. Dabei spielte es keine Rolle, wer ermordet wurde. Totenstille herrschte plötzlich in der schmalen Gasse des Ortes. Die alte Frau lag in ihrem Blut und röchelte. Der Ladenbesitzer bewegte sich ein wenig, aber er lebte. Ein streunender Hund wurde aufmerksam. Enrico warf ihm jeden Morgen ein Stück von der frischen Salami zu, wenn er erwartungsvoll in den

Laden lief. An diesem Tag kam der Streuner und roch das Blut der Verletzten. Hysterisch fing er an zu bellen und sah die beiden Menschen am Boden liegen. Er lief zur Polizeiwache, die nur ein paar Meter weiter ein Büro hatte. Dort bellte er noch ausgiebiger und lauter, sodass den Polizisten keine andere Wahl blieb, sie mussten dem Tier folgen. Es führte sie zum Laden von Enrico. „Hallo, ist da jemand?", rief der Beamte. Endlich bemerkte dieser, dass hinter dem Tresen zwei fast verblutete Menschen lagen. Er rief sofort den Krankenwagen und das Kommissariat an. Schnell verarztete ein Notarzt die Schwerverletzten. Ein Schädelbruch mit Einblutung ins Gehirn, war seine Diagnose.

Zwei Kommissare betraten nur ein wenig später den Raum. Nach den ersten Untersuchungen fuhr man die Verletzten so schnell wie möglich ins Krankenhaus. Mama Loretta und Enrico, der Ladenbesitzer, kamen sofort auf die Intensivstation. „Ob wir sie retten können, steht noch in den Sternen", sagte der zuständige Arzt. Den Anblick war er eigentlich gewohnt, denn fast jeden Tag wurde in der Stadt einer ermordet. Die Menschen hier trauten sich ja kaum noch vor Angst den Mund aufzumachen. Zwei Wochen vergingen bis Commissario Umberto Leone das Krankenzimmer der Patienten betreten durfte. Viel konnte er nicht in Erfahrung bringen, denn die ganze Aktion ging sehr schnell über die Bühne, so erzählten die Patienten es ihm. Die Mafia ist eben allgegenwärtig. „Wen soll man dafür verantwortlich machen?", dachte der Commissario."

Glück im Unglück in Berlin

Norberts Leben lief im Grunde genommen monoton ab. Morgens um 6 Uhr schellte sein Wecker, danach erledigte er die Morgentoilette, warf bei einer Tasse Kaffee einen Blick in die Zeitung, jetzt fuhr er zu seiner Arbeitsstelle. Jeden Morgen das gleiche Ritual. Jeden Morgen die gleiche Musik im Autoradio. Sein alter Opel aus den 1970-er Jahren war sein bester Freund. Die Rockgruppe The Sweet gehörten zu seiner Familie. Norbert war nie verheiratet. Sehr gern hätte er sich eine Partnerschaft gewünscht. Mit jemandem zu sprechen, zu lachen, etwas zu unternehmen, ach, das wäre zu schön gewesen. Als Schulbusfahrer war Norbert sehr diszipliniert. Kinder und Eltern mochten ihn, streng wurde Norbert nur dann, wenn es im Bus eine Keilerei unter den Schülern gab oder jemand unbedingt ein Herz in die Polster ritzen wollte, mit den Initialen seiner großen Liebe.

An der Luisenstraße bog der Bus links ab, wie üblich schaute Norbert nach rechts, die Bahn war frei, noch drei Haltestellen, dann war Norbert seine Bande wieder los. Er schaute schon zur nächsten Haltestelle, als es plötzlich krachte. Die Kinder wirbelten umher, die ganze rechte Seite war eingedrückt. Der rote Wagen drang bis zu Norberts Fahrerplatz ein. „Wo ist der kleine Markus?", schrie Norbert. Markus, Schüler der ersten Klasse, wurde eingeklemmt. Vier Schüler verletzten sich schwer. Markus war gelähmt. Norbert fühlte sich unendlich schuldig. In der Gerichtsverhandlung vermutete man, dass

Norbert abgelenkt gewesen war. Der Fall zog sich hin. Von dem Tag an, war nichts mehr so wie immer. Norbert wurde krankgeschrieben. Der Kaffee schmeckte ihm morgens nicht mehr. Ein Brechreiz beim Zähneputzen, er stand einfach nicht mehr auf. Gedanken schossen durch seinen Kopf, sie waren einfach da, er konnte sie nicht steuern. Es lief doch alles so gut in Norberts Leben. Jetzt fehlte ihm erst recht eine Partnerin, die zuhörte, die ihn verstand, die da war, einfach nur da war. Jeden Tag schaute Norbert nun ins Leere. Die Gedanken kamen und gingen, völlig ungesteuert. Norbert wurde allmählich depressiv, er suchte immer mehr den Sinn des Lebens. Immer wieder erkundigte sich Norbert nach den Kindern, vor allem nach Markus. Norbert hatte entweder einen guten Tag oder einen schlechten. Innerhalb von Sekunden konnte ein guter Tag kippen, dann waren sofort wieder diese Gedanken da. Der Druck wurde unerträglich.

Nach außen schien Norbert gefasst, aber seine Gedanken kreisten immer mehr um Abschied – Abschied vom Leben. Eines Morgens ging Norbert zielstrebig in seine Garage. Er schloss den Wasserschlauch an den Auspuff seines Autos an, umklebte die Verbindung mit Isolierband und legte den Schlauch durch das Seitenfenster auf der Beifahrerseite. Auch hier klebte Norbert alles gut zu. Durch seine Schlaflosigkeit wurden Norbert Beruhigungs- und Schlaftabletten verschrieben. Die hatte er in seiner Hemdtasche, auch eine Flasche Wasser. Er setzte sich in sein

Auto und hörte sich seine Lieblingsmusik an. „Ballroom Blitz" spielte, während Norbert sein Leben vor seinem Dritten Auge betrachtete.

Kommissar Keller – seine Tochter Angelika saß ebenfalls im Unglücksbus – suchte jede freie Minute nach Antworten. Er kannte Norbert als sehr umsichtigen Fahrer. Wieder stand er an der Kreuzung und beobachtete den Verkehr. Ein älterer Herr kam auf ihn zu und schilderte: „Hier treiben sich immer einige Gestallten herum, die die Kreuzung fotografieren und beobachten. Sie tragen auch Stoppuhren bei sich. Da müssen Sie einmal Nachforschungen betreiben, Herr Kommissar." Tatsächlich beobachtete Kommissar Keller nach einer Stunde drei Männer, die sich Zeichen gaben und mit Stoppuhren die Lage sondierten. Kommissar Keller orderte Verstärkung.

Die Männer wurden festgenommen, eine Hoffnung im Fall Schulbus kam auf. Diese frohe Botschaft wollte Kommissar Keller gleich Busfahrer Norbert überbringen. Vor der Garage parkte der Kommissar seinen Einsatzwagen. Bereits beim Aussteigen roch er giftige Abgase. Ohne zu zögern stieg er in seinen Einsatzwagen, fuhr drei Meter zurück, um Anlauf zu holen, und durchbrach das hölzerne Garagentor. Er hielt die Luft an und schleppte mit letzter Kraft Norbert aus seinem Auto. Sofort begann er Norbert zu versorgen, sendete einen Funkspruch ab und pumpte immer wieder Luft in Norberts Lunge.

Norbert wurde gerettet!

Den Kindern ging es wieder gut, Markus kam noch mit Krücken in die Schule, aber es ging bergauf, die drei Männer gestanden, Versicherungsbetrügereien begangen zu haben. Alles in allem bleibt zu sagen: Glück im Unglück!

Verlobung in Westerland – 54,9°

Es war alles von Frank geplant, bis ins kleinste Detail setzte er alles um. Der Morgen war sonnig, es würden heute laut Wetterbericht 32 Grad werden. Bärbel hatte gestern Abend bereits die Koffer gepackt. „Kümmere dich nur noch um deine Akten, Liebster", sagte Bärbel. Frank war Makler, traf sich im Hotel Miramar zu einem wichtigen Termin, so sagte er es auf jeden Fall zu Bärbel. Bärbel und Frank waren nun bereits zwei Jahre befreundet, eigentlich mehr als befreundet. Die Fahrt von Frankfurt bis zum Elbtunnel in Hamburg war für Frank ein Kinderspiel. Zunächst ging es bei flotter Musik und 130 auf dem Tacho rasch vorwärts. Doch standen sie nach fünf Stunden mitten im Morgenverkehr vor dem Elbtunnel im Stau. „Das kann dauern", murmelte Frank. Im Radio liefen „Deutsche Schlager".

„Auch nicht so mein Ding", ergänzte Frank. Ein Klick auf das Radio und der MP3-Player spielte Bärbels Lieblingsmusik. Gegen dreizehn Uhr standen sie dann endlich auf dem Autozug, der sie nach Westerland bringen sollte. Die ersten zwei Tage auf der Insel verliefen prächtig. „Morgen ist unser Jahrestag", sagte Bärbel. „Ja, schade, dass ich morgen Abend den Termin wahrnehmen muss, wir feiern unseren Tag nach, Darling", entschuldigte sich Frank. Mit einem herrlichen Frühstück begann der nächste Tag. Beide machten einen schönen Ausflug nach List. Sie bummelten durch die Alte Tonnenhalle, kauften dieses und jenes und saßen lange im Fischrestaurant. „Tja, um acht Uhr heute Abend vor zwei Jahren trafen wir uns das erste Mal. Ausgerechnet heute Abend bin ich nicht da", sagte Frank traurig. „Ich warte im Strandkorb am Strand auf dich, Liebster. Beeile dich bitte, wenn du kannst", sagte Bärbel mit trauriger Stimme. Gegen Abend packte Frank seine Aktentasche, ganz schön ausgebeult war sie. „Das sieht aber nach langen Verhandlungen aus", sagte Bärbel. Sie ging zum Strand und setzte sich in den gemieteten Strandkorb mit der Nummer 348. Gegen 19:50 Uhr zog eine schwarze Wolke auf. Es war aber immer noch schön.

Pünktlich um 20 Uhr schlich sich Frank heran und überraschte Bärbel. Er kniete sich vor Bärbel und öffnete den Aktenkoffer. Eine Flasche Sekt und zwei Gläser waren darin, sowie ein kleines Päckchen. Die schwarze Wolke wurde tief schwarz. Während er das Päckchen öffnete, sagte er mit leiser Stimme: „Die Ringe sind erst vor 20 Minuten graviert worden, willst du meine..." ... ... Plötzlich verspürte Frank einen Stich in der Brust und sank zusammen. Er merkte, dass eine Kugel ihn getroffen hatte. Sein T-Shirt war voller Blut. Zwei Männer kamen auf Frank zu.

Einer von ihnen hat geschossen. Sterbend erkannte Frank die Männer. Sven Becker und Horst Behrens raubten immer wieder Strandgäste und Urlauber aus. Frank hieß nun Frank Rossini und war Diamantenhändler. Er sah noch, wie sein Schmuckkoffer entwendet wurde. Danach war Frank Rossini tot.

… … …

„Entschuldige, Darling. Ich hatte einen schlimmen kurzen Traum", Frank stützte sich am Strandkorb ab und fuhr fort: „Willst du meine Frau werden?" Bärbel war überglücklich und antwortete mit einem „Ja".

Es war der 8. April. Genau um 20 Uhr 7 überlagerten sich zwei Parallelwelten bei dem Breitengrad 54,9 und dem Längengrad 8,3. Frank starb in diesem Strandkorb mit der Nummer 348 genau an dieser Stelle stehend, jedoch vor 15 Jahren. Während ein anderer Frank seiner Bärbel einen Heiratsantrag machte. Die schwarze Wolke war nicht mehr zu sehen.

Im Hotel feierten Bärbel und Frank ihre Verlobung. Dabei erzählte Frank seinen bösen Traum. Der Ober hörte gespannt zu und sagte: „Das gibt es doch nicht. Vor vielen Jahren wurde tatsächlich ein Diamantenhändler im Strandkorb getötet. Er trug die Nummer 348. Diese Zahl vergesse ich nie, denn mein Chef fährt einen Ferrari 348. Die Mörder wurden nie gefasst."

Am nächsten Tag erzählte Frank diese Geschichte dem Kommissar aus Westerland. Kommissar Sörensen recherchierte in alten Akten. Alles stimmt, nun wollte er sogar noch die Längen und Breitengrade des von der Polizei sichergestellten Strandkorbes kontrollieren. Auch diese Daten stimmen überein. An etwas Übersinnliches zu glauben, fiel Kommissar Sörensen nicht wirklich schwer, denn er selbst hat im Koma liegend Nahtoterlebnisse erlebt. Nun erkundigte sich der Kommissar nach Becker und Behrens.

Sven Becker und Horst Behrens leben als Nachbarn in Hörnum. Mit einem Großaufgebot konfrontierte Kommissar Sörensen beide Männer. Nach langen Verhören gestanden sie den Mord und den Diebstahl der Diamanten.

Bärenerinnerung

Es ist ein warmer, angenehmer Tag. Dr. Peter Bender schrieb an seinem Buch. Die Terrassentür quietschte bei jeder Bewegung. Little Jim machte sich wohl einen Spaß daraus. Das kleine Löwenbaby ging immer wieder hinein und hinaus aus dem Haupthaus. Peter störte das nicht, er schrieb weiter an seinen Begegnungen und Geschichten mit den vielen Tieren im Yellowstone-Nationalpark. Gerade beschreibt er, wie er einem riesigen Bär gegenüberstand. Er hatte die Pfote gebrochen, um den Hals eine

Schlinge und bei jeder Bewegung, zog sie sich weiter zu. Peter hatte keine Betäubungspfeile mehr in seinem Gewehr. Der Bär ließ ihn ganz nah an sich heran. Er merkte die positiven Schwingungen und das beruhigende Flüstern von Peter. Nun ja, das ist jetzt schon viele Jahre her. Dr. Peter Bender war ein sehr erfolgreicher Schönheitschirurg in New York. Täglich sorgte er dafür, dass die Menschen noch besser und schöner aussahen. Irgendwann saß ein kleines Kätzchen vor der Klinik. Niemand hatte Zeit, außer Bender. Er nahm sich dem Tier an. Er versorgte es. Der kleine Kater war verletzt und Peter Bender spürte, dass der kleine Stubentiger eine gewisse Liebe zu ihm aufbaute. Er wurde nachdenklich. Er überlegte, nicht vielleicht doch in die Tier-medizin zu wechseln. Diesen Gedanken hatte er schon so oft. Das viele Geld und der Ruhm als Schönheitschirurg, machten ihn nicht mehr glücklich. Er konnte einfach diese verrückten und eingebildeten Leute nicht mehr sehen. Peter Benders Kinder waren durch gute Ausbildungen gut versorgt. Lisa, seine Frau, verstarb sehr früh. Peter wollte einen neuen Weg einschlagen und verkaufte alles, was er besaß. Sein Freund, Tierarzt Dr. Jack Lahome, gab seine Praxis aus Altersgründen auf. Jedoch suchte Lahome noch eine Herausforderung. Beide bauten schließlich im Nationalpark die Animal Home Station auf. Mit weiteren fünf Helfern versorgten sie sämtliche Wildtiere.

Oft war es ein sehr gefährliches Unterfangen. Gerade kommt Dan zur Station zurück. Mit seinem Jeep umkreist er großräumig das Gelände, um herannahende gesunde Tiere zu entdecken, die auf Beutefang sind und meinen, in der Station einen leckeren Happen zu bekommen. Dan übernahm das Funkgerät. Peter wollte nur kurze Zeit am Wasserfall verbringen. Später dann, wollte er an seinem Buch weiterschreiben. Den Jeep tankte er noch voll und verstaute die Betäubungspfeile. Nun fragte er Dan, wo sich die anderen Freunde befinden. Etwa 15 Meilen entfernt war ein Wasserfall. Es gab keinen befestigten Weg und manchmal mussten Äste und ganze Bäume aus dem Weg geräumt werden. So manche Achse am Jeep musste aus diesem Grund schon gewechselt werden. Am Wasserfall angekommen, nahm Peter erst einmal ein Bad. Danach beobachtete er mit dem Fernglas einige Affen. Peter amüsierte sich sehr über ihr Verhalten. Er musste sich zwangsläufig an die Katze erinnern, wie sie die Kissen zerlegte, die Schuhbänder aus den Schuhen zog und versteckte. Allerdings bemerkte er nicht, dass er beobachtet wurde.

Tatsächlich, bewegte sich im nahegelegenen Gebüsch etwas. Peter war in Gedanken. Denn wenn er richtig beobachtet hätte, so hätte er bemerken müssen, dass große schwere Stiefel und ein Gewehrlauf zu erkennen gewesen wären. Aber leider achtete er nicht darauf. Immer mehr Gewehre und Stiefel wurden sichtbar. Da waren Wilderer unterwegs. Zu spät bemerkte er sie. Sie saßen auf der Motorhaube seines Jeeps und zerschlugen das Betäubungsgewehr. Peter hatte keine Chance. „Hands up!", riefen die Wilderer. Zu spät. „Was wollt ihr von mir?", rief er. „Geld, Elfenbein oder sonstige Reichtümer besitze ich nicht." Vor kurzer Zeit wurden zwei Wilderer gefangen genommen und nun wollten ihre Freunde sie frei bekommen, indem sie versuchten, Peter zu erpressen. Sie wussten, dass er gute Kontakte zum Park Ranger hatte.

Nur leider merkten die Gauner nicht, dass auch sie beobachtet wurden. Sie waren sich ihrer Sache wohl sehr sicher. War vielleicht Ranger Norris ihnen bereits auf die Schliche gekommen?

Die Vorräte im Jeep wurden geplündert und Peter gefesselt. Diese heikle Situation wurde weiterhin beobachtet. Dumpfe Schritte und ein Raunen waren plötzlich zu hören. Ein paar schwere Faustschläge und die Wilderer lagen am Boden. Die Hiebe waren so kräftig, dass alle Gauner bewusstlos waren. Peter erkannte ihn sofort. Es war der gerettete Bär mit der gebrochenen Pfote und der Schlinge um den Hals. Die Halsabdrücke erkannte Peter sofort. Die ganze Aktion wurde vom Ranger über das Funkgerät mit angehört. Er lokalisierte den Tatort und fuhr mit seinen Leuten los.

Der Bär und Peter verabschiedeten sich mit einem Augenzwinkern. Wieder war sich Peter sicher, dass er seine Lebenszeit nur der Gesundheit für die Tiere widmen wollte, aber nicht wieder diesem Schönheitswahn der Menschen.

Das Haus des Herrn Brixx

Jahrelang schon kannte ich das alte Haus in der Washington Street in New Orleans. Wir wohnten in der unmittelbaren Nachbarschaft. Ein Loch im Zaun verband unsere Gärten. Meine Großeltern kümmerten sich um das Gärtchen und gaben sich die größte Mühe, um es in Schuss zu halten. Da fleißig Obst und Gemüse angepflanzt wurden, übersah man, dass ich auch noch da war. Wo sollte ich spielen? Es gab einfach keinen Platz für mich. Doch eines Tages sah ich ein Loch im Zaun und ich die Gelegenheit war da, um regelmäßig hindurch zu schauen. Was sah ich? Einen verwilderten Garten des Ehepaares Brixx. Ein wenig enttäuscht war ich schon. Das hatte ich natürlich nicht vermutet. Herrn Brixx nannten meine Großeltern King des Saxophons. Von meinem Zimmer aus konnte ich ihn immer spielen hören. Diese Klänge gingen mir einfach nicht aus dem Kopf. Automatisch spürte ich ein Kribbeln im ganzen Körper. Ich bewegte mich im Takt der wunderbaren und für mich berauschenden Melodien. Aber auch wenn ich in dem Garten der Eheleute spielte, überkam mich ein Gefühl der Harmonie. Aber konkret konnte ich dieses Gefühl nicht beschreiben. In dem Garten befand sich ein Baumhaus und ich konnte von dort oben direkt in das Musikzimmer der Eheleute Brixx schauen. Immer und immer wieder versuchte ich in diesem Haus etwas Interessantes zu finden.

Viele Jahre vergingen und jedes Mal wenn ich an diesem Haus vorbei musste, hörte ich den alten Brixx spielen. Meine Lieblingsfächer in der

Schule waren Biologie und Physik. Musik lag mir nicht besonders, da ich keine Noten lesen konnte. Da schnitt ich am schlechtesten ab. Mein Berufswunsch war Chemiker in der großen Firma Bel Carbo. Dort war meine ganze Familie, aber auch Mr. Brixx beschäftigt. Alleine vom Saxophon spielen konnte sich das Ehepaar nicht über Wasser halten. Später studierte ich Chemie an der High School in der Nachbarstadt. Ein Oldsmobile war mein erstes Auto. Der Wagen kostete mich 500 Dollar. Ständig konnte ich neue Roststellen ausmachen, aber die Kiste lief und lief. Einfach, jedenfalls für mich, ein Traumauto. Der Stadtsender "Seven Night Morning" war mein morgendlicher Begleiter. Ohne dort hineingehört zu haben ging gar nichts. Aber wenn ich an dem Haus des Ehepaares Brixx vorbeifuhr, war plötzlich der Sender weg und es ertönte leise Saxophon Musik. Es war fast eine gespenstische Situation.

Mein Studium lief ganz gut. Ich legte mir ein Hobby zu, das Baseballspiel... es wurde meine Leidenschaft. Dafür wurde ich nicht in der Musikband aufgenommen, weil ich einfach nicht in der Lage war, mit Noten umzugehen. Nur die Brixx Melodie ging mir einfach nicht mehr aus dem Sinn und ich summte sie ständig nach. Irgendwann ging auch mein Studium zu Ende. Ein leitender Job bei Bel Carbo war das Resultat meiner Bemühungen. Noch viele Jahre begleitete mich das Oldsmobile. Dann, eines guten Tages, lernte ich dann Beth kennen. Wir verabredeten uns für unser erstes Treffen in **Smith's Bar**. Mit dieser Frau konnte ich mich über Gott und die Welt unterhalten, einfach über alles. Unsere gemeinsamen Träume nahmen kein Ende. Wir sprachen von einem Haus und wollten auch Kinder haben. Die Zeit verging, doch eines guten Tages kauften wir uns ein Haus, denn schließlich verdienten wir beide genug. Dann wurden Lois und Frank geboren. Das Oldsmobile gab nach fast 800.000 Meilen den Geist auf. Jetzt wurde ein Dodge unser Familienauto. Es wurde mit der Zeit unheimlich, denn auch bei diesem Fahrzeug erklang jedes Mal die Saxophon Musik, wenn ein bestimmter Sender eingeschaltet wurde, und am lautesten erklang diese Melodie, wenn man an dem Haus des alten Brixx vorbei fuhr. Ich wurde nun stutzig, denn die Sender waren alle auf SNM55 eingestellt.

Was passierte mit dem Haus des Ehepaares Brixx? Dieses Haus war so sehr in meinen Gedanken, dass ich nie darüber nachgedacht habe, was eines Tages damit geschehen könnte. Irgendwann ging ich wieder in diesen verwilderten Garten. Das Baumhaus existierte nicht mehr. Es war im Laufe der vielen Jahre zusammengebrochen. Nie ging ich weiter. Hinter einer damals kleinen Hecke, mittlerweile einem riesigen Gebüsch, war der Hintereingang. Ich hatte ein komisches Gefühl, denn dieser Eingang stand etwas offen. Was erwartete mich wohl wenn ich hineinging? Ich wunderte mich über mich selbst, dass ich das nicht schon eher getan habe.

Ich öffnete die Tür, und Spinnengewebe kam mir entgegen. Auch war es sehr verstaubt und roch modrig. Wieder spürte ich dieses Kribbeln in mir. Ein Gefühl der Wärme und Vertrautheit. Vorsichtig ging ich die Treppe hinauf. Es zog mich regelrecht in die obere Etage. Ich öffnete ein Zimmer. Es war ein Kinderzimmer. Alles kannte ich irgendwie. Es war schon komisch. Aber ich hätte nie damit gerechnet, dass Eheleute Brixx Kinder in die Welt gesetzt haben. Niemand konnte mir diese Fragen beantworten. Unbenutzt sah das Kinderbett aus. Ich hob die Bettdecke hoch und stellte fest, dass darunter ein Saxophon lag. Es gehörte Brixx. Seine Initialen waren eingraviert. Plötzlich nahm ich, wie in Trance das Instrument und fing an zu spielen. Es war schon eigenartig, denn ich konnte es ja vorher nicht. Stundenlang spielte ich nun die gleichen Lieder, die Brixx immer spielte. Behutsam legte ich das Saxophon wieder weg. Was ist hier los? Was war früher? Wer bin ich? Ich musste unbedingt Nachforschungen anstellen. Das tat ich dann auch.

1912 kaufte Ehepaar Brixx das Haus. Damals war er 35 Jahre alt. Seine Frau 26.
1927 gab es eine Explosion in der Fabrik.
Nach dem Tod der Eheleute meldete sich kein Erbe. Das war alles, was ich heraus bekam. Nun wusste ich Bescheid...
Stundenlang grübelte ich und mir wurde einiges klar. Ich spielte jeden Tag auf diesem Saxophon und fand zu letztendlich einen Brief unter dem Kopfkissen des Kinderbettes.

Mein geliebter Sohn

An einem herrlichen Maitag, kamst Du 1925 zur Welt. Ich musste sehr viel in der Fabrik arbeiten, weil das Haus noch nicht bezahlt war. Ein Jahr nach Deiner Geburt, starb Dein Vater. Er wurde nur 49 Jahre. Dein Vater vermutete, dass in der Fabrik etwas nicht mit guten Dingen zuging. Er wollte dies melden. Ich kann es nicht beweisen, aber ich vermute, Dein Vater wurde umgebracht. Nach der Explosion in der Fabrik an meinem Arbeitsplatz war ich total entstellt. Es kann ein Anschlag auf mich gewesen sein, denn ich erzählte etwas von den Vermutungen Deines Vaters. Ich schämte mich auf jeden Fall sehr und war gebrochen. Was sollte werden? Wie würdest Du reagieren, wenn Du mich so siehst? Nein, das konnte ich nicht zulassen. Bitte vergib mir, mein Sohn, dass ich Dich zu den Nachbarn geben musste. Deine jetzigen Eltern konnten keine eigenen Kinder bekommen. Bitte verzeih mir nochmals. Jeden Tag werde ich Vaters Schellackplatten spielen. Ich liebe Dich.

Deine Mum.

Geschockt ging ich zum New Orleans Sheriff's Office. Die Beamten nahmen den Brief sehr ernst. Einige Male bereits gingen sie anonymen Hinweisen nach. Allerdings hatten sie keine Beweise. Nun lag ein Dokument vor und die Beamten planten jetzt eine Razzia. Ob nach so vielen Jahren überhaupt noch etwas nachzuweisen ist?

Die Chemie-Fabrik produziert sehr preiswerte Wertstoffe. Dabei ist das Ziel, aus preiswerten Rohstoffen und Zwischenprodukten teurere Wertstoffe zu produzieren. Und diese Fabrik produziert nun wirklich mehr als preiswerte Wertstoffe. In einem abgelegenen Bürokomplex, den die Beamten erst gar nicht kontrollieren wollten, finden die Beamten jede Menge Kanister und Fässer mit Chemikalien.

Vorsorglich schlossen die Beamten die Fabrik. Es war sehr gewagt vom zum New Orleans Sheriff's Office, denn die Fabrik gab den Bewohnern Arbeitsplätze und hatte im Land großen Einfluss.

Die Analyse ergab, die Fässer sind mit hochgradig verseuchten Flüssigkeiten gefüllt. Sollte diesen Fund Mr. Brixx entdeckt haben? Die Fässer sind aus neuerem Datum, die könnte Brixx nicht gesehen haben, denn er lebt ja seit Jahrzehnten nicht mehr. Die Beamten kontaktierten das Landregister, um eventuelle Abwasserkanäle zu überprüfen. Es stellte sich heraus, dass der Bürokomplex früher viel kleiner war. Man konnte aus den Unterlagen aber auch entnehmen, dass früher eine Unterkellerung vorlag. Die Beamten handelten.

Tage später wurden die Fässer abtransportiert und das Gebäude abgerissen. Vorsichtig trug man das Fundament ab. Unglaubliches kam zum Vorschein. Undichte Fässer und 24 Leichen wurden gefunden. Das Werk wurde endgültig geschlossen und 8 Verantwortliche im In- und Außland wurden verhaftet.

Die letzte Fahrt

Stolz und erhaben stieg Roger King aus seinem Silberpfeil. Schon wieder fuhr er ganz vorn mit und konnte als Sieger des Rennens gefeiert werden. Eigentlich wollte er schon vor ein paar Jahren aus dem Motorsport aussteigen. Er hatte alles erreicht, was er auch nur wollte. Trotz seiner 40 Jahre bekam er einfach nicht die Kurve ins Privatleben. Roger sagte immer zu seiner Frau: „Emelie, der schönste Tod für mich wäre, wenn ich in meinem Rennwagen sterben würde."
Er, seine Frau und die die Kinder leben in Texas. Sie hatten ein großes Hotel und mehrere gut gehende Juweliergeschäfte. Doch das Risiko auf der Rennbahn und der Nervenkitzel, der ihn jahrelang begleitete, ließen ihn nicht mehr los. Der Große Preis der USA auf der Watkins Glen International Rennstrecke bei Watkins Glen, im US-Bundesstaat New York, war seit Anfang der 1960'er Jahre Rogers Lebensmittelpunkt. Emelie bettelte vor jedem Rennen und appellierte an seine Vernunft. Leider tat Roger, was er dachte tun zu müssen. Er wollte „The Glen", wie Fans die Rennstrecke nennen, immer besiegen.

Im Team war er nicht unbedingt bei allen beliebt. Ein Nachfolger stand auch schon fest. Er merkte noch nicht einmal, dass manche seiner Teamkollegen ihn manipulierten und nachts an seinem Wagen herumschraubten. Sie versuchten alles, um ihm die Arbeit im Team zu erschweren. Da er sehr viel von Technik verstand und seinen Wagen vor jedem Rennen überprüfte, konnte er das Schlimmste verhindern.

Der Startschuss fiel. Mit quietschenden Reifen und qualmenden Auspuffrohren fuhren sie los, Runde für Runde. Die Spannung stieg. Noch immer hatte Roger King so viele Anhänger unter dem Publikum, dass es ihm gerade jetzt noch mehr Antrieb gab, weiter zu machen. Davon konnte ihn auch seine Frau nicht abhalten. Ende der sechsten Runde, die Spannung stieg. Doch Roger fuhr dieses Mal nicht vorne mit. Sein Auto wurde immer langsamer. Die Bremsen blockierten etwas. Er drückte weiter auf die Tube, was das Zeug hielt. Doch er gab immer noch nicht auf. Er wollte wieder als Sieger auf dem Treppchen stehen. Mittlerweile glühten die Bremsen. Er merkte nicht, dass der Motor schwarze Rauchwolken ausstieß. Er merkte auch nicht, dass der Motor Feuer fing. Öl spritzte aus dem Motor. Er kam von der Bahn ab, versuchte, als das Auto ins Schlingern geriet, gegenzulenken und knallte mit voller Wucht in die am Rande aufgeschichteten Sandsäcke. Ihm geschah zum Glück nichts. Emelie rannte auf die Rennbahn. Sie wollte zu ihrem Mann, dachte das Schlimmste. In diesem Augenblick erfasste ein Rennwagen Emilie, schleuderte sie einige Meter durch die Luft... sie war sofort tot. Roger musste eingeklemmt in seinem Wrack alles im Seitenspiegel mit ansehen. „Emilie, das wollte ich nicht, das wollte ich nicht. Hätte ich doch bloß auf dich gehört", schluchzte Roger. Es war Rogers letzte Rennen. Die Rennleitung und das New York City Police Department (NYPD) untersuchten den Unfall. Da eine unbeteiligte Frau dabei ums Leben kam, musste das NYPD eingeschaltet werden. Chief Jack Miller untersuchte den Fall. Er war auch während des Rennens auf der Zuschauertribüne.

So traurig alles war, Miller erklärte den Tot der Frau als Unfall. Jedoch bemerkte er, dass Rennfahrer King Runde für Runde immer mehr Probleme mit der Bremse hatte. Es sah nach einem Blockieren aus. Gemeinsam mit der Rennleitung nahm sich der Chief den verunfallten Rennwagen vor. Der Motor war aus dem Chassis herausgerissen. Jedoch die Bremsanlage schien komplett. In der Tat, die Bremsen vorn blockierten. Der Chief öffnete den Bremsflüssigkeitsbehälter, dabei fiel ihm auf, dass die Flüssigkeit sehr zäh war. Er fragte bei der Rennleitung nach. „Nun, es handelt sich um eine besondere Renn-Bremsflüssigkeit, die nach jedem Rennen erneuert werden muss. Immerhin haben die Bremsen Durchschnittstemperaturen von 300 Grad.", so der Techniker der Rennleitung. Er schaute selbst nach der Bremsflüssigkeit und gab dem Chief Recht, dass die Flüssigkeit zu zäh war. Im Labor wurde festgestellt, dass es sich um Motoröl handelte, welches bei der hohen Temperatur während des Rennens verharzte und fest wurde. Der Chief verhaftete das gesamte Team. Nach langen Verhören knickte ein Teammitglied ein und gestand, den Wagen von Roger King manipuliert zu haben. Sein Motiv war, dass er seinen Schwager als Rennfahrer im Team bevorzugte.

Viele Jahre noch bildete Roger King Fahrer im Sicherheitstraining aus, aber seine wichtigste Regel war: „Beobachtet immer den Straßenverkehr, ob als Autofahrer oder Fußgänger, denn die Wagen sind schnell, verdammt schnell!"

AUS DEM PRIVATEN LEBEN EINER POLIZEIBEAMTIN: LISA MILLER, NEW YORK CITY POLICE DEPARTMENT (NYPD)

Mein Name ist Lisa Miller. Ich bin Lieutenant im New York City Police Department. Als Kind bin ich in einem Heim aufgewachsen. Irgendwann fand ich heraus, wer meine wahren Eltern sind. Es sind Cindy und Jack Smith. Meine Adoptiveltern tragen den Namen Miller, den wollte ich weiter beibehalten, denn nachdem ich von meiner Mutter die Geschichte ihrer Ehe hörte, wollte ich mit dem Namen meines Vaters nichts zu tun haben. Gott sei Dank wendete sich im Leben meiner Mutter noch einmal alles zum Guten. Nun, zumindest den Umständen entsprechend. Aber lest einmal selbst:

Die Jukebox

Anfang der 1950'er Jahre trafen sich ein paar Musikfreunde regelmäßig in „JOE'S BAR". Im Süden von New York. Es war eine kleine, feine und schlanke Bar. Zur Straße war sie wenige Meter breit und zog sich nach hinten aber weit heraus. Die Theke begann bereits am Eingang. Pete, Joes Sohn, schaute oft, wenn keine Gäste da waren, auf die Straßenlaternen. Wieder an einem Sonntagabend schlenderten die Musikfreunde in die Bar. Seit Ende der 1940'er Jahre trafen sie sich Fred, Ben, Dan und Luzie. Sie waren mit die Ersten, die die Single-Schallplatten aus „**Ricki's Musik Laden**" erworben hatten.

Bei Dan hörten sie oft diese neuen Schallplatten. Aber seine Einzimmerbehausung glich immer einem Schlachtfeld. Dan hatte immer die Ausrede, wegen der Nachtarbeit, nichts machen zu können. An diesem Samstag aber überraschte Pete die Gäste mit einer Jukebox. Drei Single Schallplatten hatte er erworben. Reichlich Platz war noch für weitere Platten. Luzie brachte ihre Freundin Cindy mit. Beide trugen ihr Lieblingspetticoat Kleid. Cindy hatte ihres extra für diesen Samstagabend erworben. Es war mit weißen Punkten versehen. Natürlich waren alle schwer begeistert von der neuen Jukebox. Aber Dan warf auch seine Blicke auf Cindy. Es schien so, als wenn sie Gefallen aneinander finden würden. Die Blicke, wurden heftiger und sie hörten nichts mehr. Die Single der Flamingos, mit dem Titel „I ONLY HAVE EYES FOR YOU" tat ihr weiteres dazu. Dan forderte Cindy zum Tanzen auf. Er spürte ihre warme und weiche Haut. Er hatte sehr muskulöse Oberarme und immer blitzblank geputzte Schuhe. Das gefiel Cindy. Er schmiss immer wieder Münzen nach, um das Lied immer und immer wieder hören zu können. Pete machte Spaß und meinte: „Ja, dann ist die Box schnell abgezahlt. Auf eine Münze ritzte Dan die Buchstaben „ILY" ein, für „I LOVE YOU". Als Mechaniker, hatte er immer einen Schraubendreher in der Tasche. Da traute sich nicht diese Worte gleich am ersten Abend zu sagen.

Er küsste die Münze und warf sie ein. Nur die Jukebox spielte nicht. Die Münze hatte sich verklemmt. Pete nahm eine neue Münze aus der Kasse und warf sie ein. Die Zeit verging und die Gruppe traf sich weiterhin. Dan und Cindy tanzten sich immer wieder in eine Traumwelt. Eines Tages musste Dan einen Auftrag im Ausland annehmen. Aus den geplanten zwei Monaten wurden zwei Jahre. Für die große Liebe war es furchtbar. Die Bar war weiterhin gut besucht und die Freunde trafen sich wie immer regelmäßig. Dan konnte durch seinen Auslandsjob leider nicht mehr dabei sein. Cindy war zwar bei jedem Treffen dabei, aber die Flamingos wurden nicht mehr gespielt. Jeder nahm Rücksicht auf Cindy. An diesem Abend kamen Jack und Stan in die Bar. Jack warf sofort ein Auge auf Cindy. Er verwickelte Cindy in Gespräche über den Rock'n Roll. Charmant machte er ihr Komplimente. Cindy hingegen war nicht interessiert und merkte aber auch nicht, dass Jack harte Sachen in Cindys Glas füllte. Jack hatte immer für alle Fälle etwas dabei. Das Mädchen konnte den hochkonzentrierten Alkohol nicht vertragen. Da Jack mit seinem Auto da war, bot er Cindy an, sie nach Hause zu fahren. Nach dieser Fahrt wurde das Mädchen mit Lisa schwanger, weil Jack ihren betrunkenen Zustand ausgenutzt hatte. Leider musste sie ihn heiraten, da sie noch nicht volljährig war. Sie war sehr traurig. Auch war sie darüber traurig, dass ihr Lisa abgenommen wurde und zu Adoptiveltern kam. Sie schämte sich für alles und brach den Kontakt zu Dan ab. Was sollte sie ihm denn auch erzählen? Jack entwickelte sich zum Tyrannen und behandelte Cindy wie den letzten Dreck. Sie durfte keinen Mann ansehen, geschweige denn, mit ihm reden. Jack schlug sie und vergewaltigte sie. Wenn sie nicht wollte, drohte er ihr an, ihr den Schädel einzuschlagen. Cindy war mit ihren Gedanken immer bei Dan. Eines Tages stieß Jack Cindy die Treppe hinunter, weil sie sich ihm wieder verweigerte. Das arme Ding war von diesem Tag an querschnittgelähmt. Bald zog Jack aus. Er suchte sich eine jüngere „funktionierende" Frau. Cindy wollte verständlicherweise in dieser Wohnung nicht mehr bleiben und suchte sich eine Wohnung in einem Haus, dass behindertengerecht gebaut war.

Die Zeit verging...

Die Klimaanlage tropfte und es musste ein altes Radio repariert werden. Dan, mittlerweile in die Jahre gekommen, hatte das Reparieren von alten Geräten zu seinem Hobby gemacht.

Dan erfüllte sich endlich einen Traum. Er ersteigerte bei „DARNELL'S PAWNSHOP", einem Leihhaus im Westen New Yorks, eine alte Jukebox. Einige Ersatzteile hatte Dan immer im Haus. Es musste der Rahmen gerichtet werden und noch ein paar Dinge. Die Jukebox spielte das alte Lied, auf das er mit seiner Liebsten tanzte. Er war sehr unglücklich und musste weinen. Erst Recht, als er die Münze in der Jukebox mit den eingeritzten Buchstaben "ILY" fand, die sich verklemmt hatte. In die Nebenwohnung war eine behinderte Frau eingezogen und klopfte wie wild an die Wand. Sie rief ganz laut: „Bitte lauter machen, ich kenne das Lied." Dan ging herüber und wollte wissen, wer diese Frau war. Als sie ihm die Tür aufmachte, traute er seinen Augen nicht. Seine große Liebe saß vor ihm im Rollstuhl. „Cindy Du bist es?" „Ja, leider bin ich gelähmt. Er hatte mich die Treppe hinuntergestoßen." Er schaute sie lange an und sagte: „Wer schaut schon danach. Ich liebe Dich trotzdem und werde es immer tun, Darling." Sie küssten sich lange.

So erzählte es mir meine Mutter. Dan nenne ich heute Dad. Alles wurde gut.

AUS DEM PRIVATEN LEBEN EINES POLIZEIBEAMTEN:

KOMMISSAR BERND KIERMYR, KRIPO MÜNCHEN

Mein Name ist Kiermayr von der Kripo München. Mein Kollege und ich wurden zu einem Unfall gerufen. Die Verunfallte tat mir sehr leid, ich blieb mit ihr in Kontakt. Nach langer Zeit vertraute sie mir ihre Erlebnisse an:

Der Geist der Zukunft

Lange blonde Haare, einen sehr schönen Körper, die wunderbare Bildung. Noch viel mehr könnte man über Roberta aufzählen. Sie war eine junge Frau im besten Alter. Nun suchte sie Zärtlichkeit, Liebe, Geborgenheit, einen lieben Mann, der mit ihr die durchs Leben gehen möchte. Roberta ist Krankenschwester, geht ganz in ihrem Beruf auf. Ja, man kann sagen, es ist ihre Berufung. Sie hilft allen, kein Weg ist ihr zu weit, keine

Arbeit zu viel. Zu allen Zeiten wurde Roberta beobachtet, sie wurde gemocht.

Eines Tages, Roberta hatte einen anstrengenden und langen Arbeitstag hinter sich, fuhr sie rechts ab in die Kirchhofstraße. Noch etwa 500 Meter bis zu ihrer hübsch eingerichteten Wohnung. Es war eine Vorfahrtstraße. Sie konnte nicht damit rechnen, dass der schwere LKW weit ausholte. Er bog dann in die Nebenstraße ein. Zumal der LKW-Fahrer viel zu schnell in die Kurve einfuhr. Aber auch hier ist zu sagen, ob Alkohol, zu hohe Geschwindigkeit oder Unachtsamkeit, es tut nichts zur Sache. Auf jeden Fall kollidierten die Fahrzeuge. Benzin entzündete sich. Roberta wurde stark verbrannt und entstellt. Ihr Gesicht war den Rest ihres Lebens unkenntlich gemacht durch diesen Unfall. Roberta weinte immer, mied die Öffentlichkeit und ging nur noch im Dunkeln raus. Am Abend flüchtete sich die junge Frau in einen Traum:

... Es war ein herrlicher Strand am Meer. Da war er plötzlich, ein bildschöner Mann, zärtlich und einfühlsam. Sehr verständnisvoll war er auch. Er stellte sich als David vor. Braune, fast schwarze Haare und etwas länger. Kann man bei einem Mann von Schönheit sprechen, dann trifft es bei ihm zu. David war nur für Roberta da, nur für sie. ...

Die Jahre vergingen. Robertas Figur war immer noch einmalig. Die langen Haare verdeckten die Verletzungen im Gesicht. Aus Angst, man könnte etwas sehen, übernahm sie nur Spätschichten. Ihr Wille, Gutes zu tun, brach nie ab. Bei einem Einkauf beobachtete sie einen Mann, der sehr viel Ähnlichkeit mit ihrem Traummann hatte. Es kribbelte in ihrem ganzen

Körper. Sie hatte sich sofort verliebt, dachte nur noch an diesem Mann.

Eine Woche später traf sie ihn wieder. Ihre Einkaufswagen stießen

zusammen. Er entschuldigte sich. Ein Gespräch zwischen den jungen

Leuten entwickelte sich. Er stellte sich mit David Warden vor. Roberta

war sprachlos. Eine große Liebe erblühte. Beide staunten immer wieder,

wie gleich sie waren. Da passte alles zusammen. Heirat, Kinder und ein

tolles Haus kamen danach. Einmal beichtete Roberta ihrem Mann, dass

sie jeden Abend gebetet hatte. Da war dieses Licht am Nachthimmel. Sie

redete mit diesem Licht, das auch tatsächlich in Bewegung geriet. Es

drehte sich und es sah aus, als wenn dieses Licht schreibende

Bewegungen machen würde. Roberta schämte sich etwas. „Nein, Liebling,

schäme dich nicht. Ich glaube dir, denn ich habe dich immer beobachtet.

Wir beobachteten alle guten Menschen. Ich sah deinen Unfall. Sah in

deinen Träumen diesen Mann. Den Unfall konnte ich nicht verhindern. Ich

hatte keinen feststofflichen Körper. Dann reiste ich zurück in die

Vergangenheit und schlüpfte in deinen Traummann David. Nun bin ich

hier. Ich liebe dich und beschütze dich für immer.“

AUS DEM PRIVATEN LEBEN EINES POLIZEIBEAMTEN:

SERGEANT BEN MILLER, ROYAL CANADIAN MOUNTED POLICE

Hi, Ben Miller, mein Name Sergeant Ben Miller. Leben retten ist für uns in Kanada normal. Manchmal entscheidet das Schicksal, ob wir früh genug helfen können:

Bittere Kälte in Kanada

Es war Dezember. In Yukon, Kanada, lag der Schnee Meterhoch. Die Holzfäller Familie Jack und Hellen Smith saßen in ihrem Holzhaus, das sie sich mit viel Liebe vor Jahren aufgebaut hatten, fest. Es war bitterkalt in diesem Winter. Eine erbarmungslose Kälte griff um sich. Trotz Ofen und anderen Möglichkeiten, sich warm zu halten, gelang es ihnen nicht, der Kälte zu trotzen. Jack fing vor vielen Jahren an, hier in den Wäldern von Kanada selbstständig zu arbeiten und Holz zu schlagen. Er musste dann, mit entsprechenden Gerätschaften, die Stämme zur nahegelegenen Holzverarbeitungsfirma bringen. Das war immer mit vielen Risiken verbunden, denn wenn die Maschinen nicht mehr funktionierten, konnte er kein Geld verdienen. Dies ist in der Vergangenheit sehr häufig der Fall gewesen.

Die teuren Reparaturen konnten sie sich nicht immer leisten. Sie lebten quasi von der Hand im Mund und nichts konnte zur Seite gelegt werden. Ganz schlimm ist, dass sie sich kaum Vorräte für die Versorgung angeschafft hatten. Fast alles ist in ihrem Leben ist bis jetzt schief gelaufen. Jacks Vater übte auch diesen Beruf aus, konnte aber seine Familie davon sehr gut ernähren. Hellens Eltern besaßen einen riesigen Holzvertrieb, den sie aber wegen der schweren Krankheit des Vaters verkaufen mussten. In diesem Betrieb lernte sie Jack kennen, der dort als Schreiner arbeitete. Sie nahmen sich vor, in Yukon zu heiraten und auch dort sesshaft zu werden. Nur alles kam ganz anders. Nun hingen sie in den tiefsten Wäldern Kanadas fest und standen kurz vor dem Erfrieren. Um nicht zu verhungern und um ihren Magen zu füllen, tranken sie warmes Wasser. Jack und Ellen waren der Verzweiflung nahe. Glaubten ihren Verstand zu verlieren. Nein, sie wollten nicht

aufgeben. Die Schneestürme fegten über das instabile Dach. Ein Fenster zersprang und noch mehr Kälte kam herein. Hellen Smith, die eigentlich aus den kritischsten Situationen immer noch das Beste herausholen konnte, kapitulierte. Sie kauerten immer enger zusammen. Jack war ein guter Schütze und konnte immer für genügend Fleisch sorgen. Nur jetzt bestand keine Möglichkeit etwas zu erlegen. Bei dieser Kälte hielten die meisten Tiere ihren Winterschlaf und verkrochen sich in ihre Höhlen. An Nahrung war nicht zu denken, zumal Jack nicht in der Lage war, sich für diese Jahreszeit Vorräte anzuschaffen. Die Kälte wurde immer fordernder. Zusätzlich kam durchs Fenster Schnee herein. Was sollten sie nur tun? Kaum, dass sie einen klaren Gedanken fassen konnten, da brach schon der erste Dachbalken ein. Tagelang ging es nun so. Sie hungerten und ihre Glieder waren blau angelaufen. Mit letzter Kraft erinnerte sich Jack daran, dass er noch ein altes Funkgerät im Kellerraum hatte.

Es musste nur wieder funktionieren. Da seine Glieder schon fast starr und taub vor Kälte waren, kroch er auf allen Vieren zur klappe des Kellerraumes. Sie war sehr schwer und er musste seine letzte übriggebliebene Kraft dafür aufwenden, sie zu öffnen. Im letzten Moment schaffte er es dann doch noch sich in den Keller hinunter zu hangeln. Hellen schrie: „Bitte beeile Dich, ich kann nicht mehr!" Jack fand das alte, verstaubte Funkgerät. Es musste nur, wenigstens dieses eine Mal noch, seinen Dienst aufnehmen. Die Stürme wurden immer stärker und der Schnee lag meterhoch auf dem Haus und vor dem Hauseingang. Selbst hinaus ins Freie könnten sie nicht mehr.

Hellen verlor das Bewusstsein. Der Hunger und die Kälte haben ihr arg zugesetzt. Währenddessen versuchte Jack sein Bestes, um das Gerät wieder in Gang zu setzen. Er versuchte ein Funksignal, mit der Bitte um Hilfe, abzugeben. Es tat sich nichts und Jack resignierte. Auch er schloss mit dem Leben endgültig ab. Gerade als er versuchte, wieder nach oben zu klettern, vernahm er ein piepsen. Noch sehr unklar, aber man konnte es verstehen. „Hallo, Hallo. Was gibt es? Hier spricht Sergeant Ben Miller, Royal Canadian Mounted Police." Er konnte seinen Ohren nicht trauen. Was war das? Doch noch eine Rückmeldung auf seine Hilferufe? Also funktionierte das Funkgerät noch. Er meldete sich nochmal und gab den ungefähren Standort seines Hauses durch.

Eigentlich ist das Holzhaus schlecht zu finden, denn auf Grund der damaligen Arbeitslage mussten sie in der Nähe von Jacks Arbeitsplatz bauen. Wieder bekam er Antwort: „Wir tun unser Bestes. Haltet durch. Wir fliegen mit dem Helikopter die Gegend ab. Versprechen können wir allerdings nicht, ob es klappt, denn das Wetter ist sehr schlecht. Over and out."

Hellen kam wieder zu sich und rief nach ihrem Mann, der kurz vor einer Bewusstlosigkeit stand. Der Erfrierungstod stand beiden ins Gesicht geschrieben. Warme Decken und ein Ofen, der eigentlich immer das ganze Haus erwärmte, halfen nicht mehr. Ein zweiter Balken knallte auf den Dachboden. Jetzt war es nur noch eine Frage der Zeit, wann der mit Schnee gefüllte Dachboden durchbrach.

Die Dunkelheit brach herein und es bestand kaum noch die Chance auf eine Rettung. Die Sicht war sehr schlecht, und die Schneestürme nahmen zu. „Jack, hörst Du das auch.", sagte Hellen. Ein Geräusch, als wenn ein Flugzeug ganz nah hier über uns kreisen würde. „Ja", sagte er, „es könnte der Helikopter sein, der uns retten will."

Sehr schnell aber war dieses Geräusch nicht mehr wahrzunehmen. Alle Hoffnung war verflogen. Ihnen war jetzt ganz klar, dass sie sterben mussten. „Hellen, wir müssen sterben. Es waren schöne Jahre, wenn auch sehr schwere Zeiten manchmal. Auch wenn wir uns gestritten haben, was sehr selten vorkam, so haben wir uns immer wieder zusammengerauft. Bitte verzeih mir, meine Liebe." Beide glitten in die Welt der tiefen Träume ab, sie merkten nichts mehr.

Jack und Hellen Smith erwachten erst im Dawson City Community Hospital wieder auf. Mit schwersten Erfrierungen konnten sie im letzten Augenblick gerettet werden. Das Holzhaus mussten sie aufgeben und bauten später in Dawson City ein neues Zuhause auf. Jack ging in seinen alten Beruf als Schreiner zurück und Hellen arbeitet nun in einer Bank. Die kanadischen Wälder waren nie mehr ein Thema für Jack und Hellen Smith.

AUS DEM PRIVATEN LEBEN EINER POLIZEIBEAMTIN:

POLIZEIHAUPTKOMMISSARIN JUTTA PEETERS, (PHK), INTEGRIERTE BELGISCHE POLIZEI

Nachdem ich alles in meinem privaten Leben verloren hatte, blieb mir noch mein Job, der für mich nun alles war. Hier bin ich schon erfolgreich. Wie ich privat wieder auf die Beine kam, schildere ich hier:

<u>Der letzte Zug</u>

Dieter ist wohlbehütet in seiner Familie in Brüssel aufgewachsen. Vater und Mutter förderten ihn in allen Bereichen. Dieter war sehr wissbegierig. In der Schule war er nicht der Streber. Aber ihm flog eben 53 alles so zu. Lieblingsfächer hatte er nicht. Er interessierte sich für alles. Aber auf der anderen Seite war Dieter auch ein Spätentwickler. Mit Siebzehn hatte er eine Freundin und auch der erste Kuss war angesagt. Nun ja, wann er seine erste Frau liebte, keiner weiß es genau. Sein Architekturstudium schloss er natürlich mit Auszeichnung ab. Wenn er den Grundstein für ein sorgenfreies Leben gelebt hatte, wünschte er sich eine Frau und Kinder. Er gründete ein Ingenieurbüro mit drei Angestellten. Der Laden lief prächtig in Brüssel. Seine Spezialität waren extravagante Gebäude. Die Hausbauer rannten ihm die Bude ein. Sein Partner, mit dem Dieter eine Sozietät gründete, war für die Inneneinrichtung zuständig. Das Ingenieurbüro entwickelte sich zum Renner. Ja, bald könnte er eine Familie gründen, bald eben.

Dieter schuf sein erstes Haus und die gesamte Erfahrung floss ein. Ein riesiger Garten, 8 Zimmer, vier Garagen, ach, was soll noch alles aufgezählt werden. Demnächst sollten auch die Kinderzimmer eingerichtet werden, demnächst eben. Das Büro wurde immer erfolgreicher. Seine Kunden wollten ihn. Nur ihn. Mittlerweile zählte er einen Ferrari und einen Porsche zu seinem Eigentum. Jedes Wochenende verbrachte er mit seinen Autos. In Paris, New York und London eröffnete Dieter neue Büros. Spitzenkräfte leisteten eine Spitzenarbeit. Dieter wollte immer höher hinaus. Sein Ferrari fuhr über 300, aber das wusste Dieter noch nicht, denn er hatte keine Zeit. Jetzt wollte er zusätzlich noch den Pilotenschein machen. Gerade als er über Wiesen und Wälder hinweg flog, da passierte es. Nein, nichts Schlimmes. Kein Unfall, keine gesundheitlichen Probleme, er schaute einfach nur nach rechts. Der Sitz war frei. Keine Partnerin, keine Ehefrau, keine Liebe.

Plötzlich wurde ihm klar, wo sind denn die Jahre geblieben? Meine Jahre. Er war 57 Jahre alt und immer noch nicht glücklich. Dieter verzweifelte. Ihm ist sein erster Kuss mit 17 eingefallen. Das war vor 40 Jahren, Jutta war ihr Name.

Dieter ging wieder ganz in seiner Arbeit auf. Diesmal flüchtete er regelrecht dort hinein. Nur nicht an die Vergangenheit denken. Ein Brief mit einer Einladung zum Klassentreffen kam per Post. Dieter orderte einen Mittelklasse-Leihwagen. Er wollte seinen Reichtum nicht zeigen. Das Klassentreffen war gut besucht. Bernd hatte 6 Kinder.

Gisela einen Arzt zum Ehemann. Detlef hatte 50.000 Euro Schulden.
Jörg sei bei einem Autounfall ums Leben gekommen, alles das erzählte
man ihm. Gelangweilt ging Dieter an die Bar. Da saß sie nun, Jutta,
schön, wie vor 40 Jahren. Der erste Kuss war sofort in den Gedanken.
Jutta verlor alles. Aber sie war erfolgreich als Kommissarin. Ihre Ehe
zerbrach. Es war der Alkohol von Bernd, ihrem Mann. Die Kinder waren
aus dem Haus und Jutta bewohnte eine Zweizimmerwohnung. „Jutta, Du
bist der einzige Lichtblick hier.", sagte Dieter. Sie redeten bis zum
Morgen. Beide verliebten sich ineinander. Sie wurden glücklich.
Der letzte Zug zu ihrem Lebensglück fuhr ganz langsam aus dem
Bahnhof heraus!

55

AUS DEM PRIVATEN LEBEN EINER POLIZEIBEAMTIN: ELKE KRÜGER, KOMMISSARIN IN BRÜHL

Ich gestehe, nein, keinen Mord!
Ich gestehe, mein Vater war Willy Krüger, der Spaßvogel.

Der Spaßvogel

Er kennt jeden Bürger und jeden Winkel in der Stadt. Jedes Ereignis ist ihm sofort bekannt. Sie nennen ihn den Spaßvogel in der Stadt. Niemand weiß, wo er wohnt. Keiner weiß, wer er ist. Alle wissen... nichts. Überall da, wo Hilfe gebraucht wird, da ist er sofort an Ort und Stelle. Aber heute ist nichts so wie bisher. Eine große Unruhe verbreitete sich in der Stadt Köln. Nach tagelangen Regenfällen weichte in der Innenstadt ein Gehweg auf. Es entstand ein riesiges Loch. Für ein kleines Kind natürlich sehr gefährlich. Die dreijährige Anna lief verträumt über den Gehweg. Etwa 5 Meter weiter ging ihre Mutter. Plötzlich war Anna verschwunden. Sie rief immer wieder ihre Tochter. Aber Anna war verschwunden. Das riesige Loch hatte das Kind einfach verschluckt. Die Unruhe war groß. Einige rannten aus Angst und Feigheit einfach weg. Andere blieben stehen und schauten nur neugierig. Und wieder andere holten Hilfe. Die Feuerwehr kam. Sie wusste nicht, wie sie helfen sollte. Stunden der Angst machten sich breit. Die Feuerwehr versuchte mit langen Leitern, die sie über das Loch legte, die Einbruchstelle zu sichern. Es wurde kritisch, denn die Erde bröckelte immer weiter. Ein Feuerwehrmann legte sich auf den Bauch und robbte über das Loch. Aber er sah nichts. Der Spaßvogel sah das Geschehen aus der Ferne. Er hatte große Angst um Anna. Jetzt ging er zu den Feuerwehrmännern, wollte ihnen etwas sagen und gab ihnen einen Tipp. „Sind Sie etwa der Spaßvogel?", meinte der Feuerwehrmann und stieß ihn einfach zur Seite.

Es wurde beratschlagt darüber, ob und wie man helfen konnte. Scheinbar entmutigt verließ der Spaßvogel den Unfallort. So schnell wie möglich eilte er an das Ende der Stadt. Hier stieg er in einen alten stillgelegten Schacht. Ohne weiter nachzudenken robbte er sich durch die Rohre. Er kroch und rutschte, stieß alte Gitter auf. Er kannte sich sehr gut aus, als wenn er hier zu Hause sein würde. Da hinten sah er etwas. Da bewegte sich etwas. Er vernahm ein leises Wimmern: „Mami, Mami." Schnell nahm der Spaßvogel sie in den Arm. In diesem Augenblick, brach weitere Erde ein. „Komm', wir spielen ein Spiel, Anna! Wer zuerst durch den Tunnel kriechen kann, gewinnt ein großes Eis!", rief der Spaßvogel. Anna kroch los, der Spaßvogel robbte nach.

Mittlerweile wurde die Unfallstelle weiter gesichert. Ein Feuerwehrmann ließ sich in das nun riesige Loch abseilen. Es war dunkel und gefräßig, die Gebete ringsherum wurden mehr. Plötzlich von weitem dieses erleichternde Rufen: „Mama, Mama!" Der Spaßvogel hatte Anna auf den Schultern. Applaus, ein Jubeln, ein Umarmen, frohe Gesichter. Man rief: „Unser Spaßvogel ist ein Lebensretter! Er ist unser Held!"

Bei der späteren Befragung stellte sich heraus, dass der Großvater und der Vater vom Lebensretter am Aufbau und der Planung der Stadtkanalisation beteiligt waren. Vater Dipl. Ing. Karl Krüger nahm seinen Sohn Willy oft mit zur Baustelle. Der kleine Willy kroch durch alle Rohre, er kannte sich somit gut aus. Die Stadtverwaltung stellte Willy Krüger, unseren Lebensretter, als Bauleiter ein.

Das Leben des Spaßvogels änderte sich nun. Willy Krüger studierte, er gründete eine Familie und bekam eine sehr erfolgreiche Tochter, die heute in Brühl Ausbilderin in der Polizeischule ist.
Aber Spaß und Freude vermittelt Willy seinen Mitmenschen immer noch.

AUS DEM PRIVATEN LEBEN EINES POLIZEIBEAMTEN:

REVIERINSPEKTOR HANS HÖLZL, POLIZEI IN HALLEIN

Ich bin der Hölzl Hans von der Polizeistation in Hallein bei Salzburg. Als mein Kollege folgenden Fall notierte und ich die Akten las, lachte ich herzlich, denn ich war irgendwie dabei:

Der Überfall mit Folgen

Für den älteren Herrn mit Brille spielten die Fußballer von Wacker Null... na, ich habe die weitere Zahl vergessen, ganz einfach zu zaghaft. Der Herr mit Oberlippenbart meinte, sie spielten einfach nur grässlich.

Der Herr mit dem Karohemd dagegen interessierte sich nicht für Fußball. Das Trio war bei Gerda Bernshofer gern gesehen, als ich sie besuchte, um weitere Einzelheiten zu erfahren, plauderte sie sofort drauflos. Ich freute mich über die Redseligkeit, denn ich kannte die Rentnergang. Das lag daran, dass ich die 3 Rentner jeden Mittwoch bei ihrer Plauderrunde nach meinem Dienst sah, dabei dachte immer, was sie wohl früher einmal für Berufe ausgeübt hatten und wie ihr Leben so verlief. Die Gespräche verfolgte ich immer mit einem Ohr mit, denn ich saß regelmäßig einen Tisch weiter, mit meinem Laptop bestückt, erledigte ich Facebook und Co. und so. So wartete ich bei einem Tee auf meine Frau, sie ist in der Anwaltskanzlei Mayr beschäftigt, gegen 18 Uhr kommt sie dann hierher. Nun, erwähnen muss ich, es war nicht immer Tee, liest sich aber schöner.

Wie gesagt, auch an dem ganz besonderen Tag saß ich, mit einem Ohr hinhörend, am Nachbartisch. Der Herr mit Brille fragte in die Runde, ob noch jemand die alten Porsche Wagen kennt. „Aber sicher", so der Herr mit Karohemd, „waren das nicht welche mit VW-Motor?"... „Nein", so der Herr mit Brille, „nicht ganz richtig, die hatten einen Doppelvergaser und ordentlich Bums unter der Haube!"... „Sach bloß", so der Herr mit Bart, „aber die Form war gleich!"... „Flacher waren sie, viel flacher, ganz flach!", entgegnete der Herr mit Brille.

Den Unterschied zwischen Ketten- und Nabenschaltung am Fahrrad kenne ich wohl, das war das nächste Thema der Herren. Ich schätzte sie übrigens so um die 75 ein. Fragte mich dann des Öfteren, worüber werde ich wohl mit meinem Tennisfreund Sven später einmal reden? Meine Frau kam pünktlich. „Magst Du ein Getränk?", fragte ich. „Heute nicht, Liebster. Beate und Klaus kommen doch heute!"... „Ach ja, fast vergessen!" Von Frau Bernshofer erfuhr ich, dass die Herren gegen 22 Uhr aufgebrochen sind. Fröhlich, wie immer, verließen sie die kleine Kneipe. Hinter der Schützengasse kam ein Waldstück. Hier lauerten 2 Männer, die nichts Gutes im Sinn hatten, den älteren, körperlich unterlegenen Herren über 75, auf. Die Männer waren mit Eisenstangen und Gaspistolen bewaffnet. Es war aber nicht möglich, eine Gaspistole von einem echten Schießeisen zu unterscheiden. Es kam, was kommen musste!

In den Polizeiakten las ich später:

DIE HERREN ALFONS D., HUBERT S. UND HERBERT B. WURDEN NACHTS UM 22.45 UHR VON DEN MÄNNERN DETLEF R. UND RICHARD T. MIT EISENSTANGEN UND GELADENEN GASPISTOLEN ÜBERFALLEN UND BERAUBT. ZUM RAUB KAM ES NICHT MEHR, DENN DETLEF R., 32 JAHRE, UND RICHARD T., 35 JAHRE, WURDEN DERART VERMÖBELT, DASS WIR DEN KRANKENWAGEN BESTELLEN MUSSTEN.

"Ist doch klar", sagte mir Frau Bernshofer, "die 3 waren Berufsboxer!"

AUS DEM PRIVATEN LEBEN EINES POLIZEIBEAMTEN: JOE DANZER, CAPTAIN DES NEW YORK CITY POLICE DEPARTMENT (NYPD)

Ich möchte folgendes Erlebnis erzählen. Ich bin Captain des New Yorker Police Department NYPD. Weiterhin versichere ich die Richtigkeit meines Berichts, so wurde er in den hiesigen Zeitungen gedruckt:

<u>Fünf Stunden Angst</u>

Der Flughafen im Osten Amerikas in New York war immer gut besucht. Er lag auf dem Weg in ein Erholungsgebiet. Heute ist Samstag 11 Uhr 30. Eine Schlechtwetterfront ist zwar angesagt, aber es würde wohl eher vorbeiziehen. Die Kinder spielten freudig im großzügig eingerichteten Flughafen. Joe Danzer freute sich riesig auf die Zeit mit seiner Familie. Er ist Captain des New York City Police Department (NYPD). Als Hobby ist er noch Stuntman, was seine Frau nicht unbedingt schätzt. Das Restaurant öffnete gerade zum Mittagstisch. „Wie immer", sagt Joe zu seiner Frau, „die Kinder wollen Burger!"

Plötzlich verschwand die Sonne, es wurde dunkel. Eine riesige, schwarze Wand kam auf sie zu. Furchteinflößend. Von den 16 Grad an diesem Spätherbsttag sank das Thermometer auf -1 Grad. Schneegestöber, Hagel, ein weiterer Temperaturabfall auf -10 Grad. Die grellen blitze waren beängstigend. Dies sollte Captain Danzers schlimmster Fall werden. Die letzte Nachricht aus dem Tower eines großen

Passagierflugzeuges war: „Notlandung in 15 Minuten." Danach fiel der Strom aus. Die Notbeleuchtung und die Notausgänge funktionierten. Schreie, ein wildes Herumlaufen. „Mami, Mami!", rief Angela, Joes Tochter. Das Flugzeugpersonal berechnete von Hand den Kurs der Maschine. „Mein Gott", sagt Dean Ricks, „die Maschine wird den Flughafen treffen. Auf der vereisten Rollbahn kann sie nicht bremsen." Dean rannte los, um die Menschen im Flughafen zu warnen und zu evakuieren.

Noch 11 Minuten. Es waren jetzt – 17. Grad. In der Flughafenhalle organisierte Dean die Evakuierung. „Und dann?", sagte Joe, „was machen wir im Freien bei der Kälte?" Joe überlegte und hatte eine Idee. Nun rief Joe die Autobesitzer auf, eine Mauer aus Autos zwischen dem Flughafen und der ankommenden Maschine zu bauen. „Denkt an die Kinder!", rief er noch. Einige Menschen folgten dem Flugpersonal ins Freie. Jetzt waren es -19 Grad. „Unmöglich mit T-Shirt!", rief Kathy, „zurück in das Gebäude!" Joe startete mit 30 Männern und ihren Fahrzeugen zur Landebahn. Dean hatte ihnen vorher die Landebahn angegeben.

Noch 8. Minuten bei – 22. Grad. Alle Fahrzeuge wurden quer zur Landebahn aufgestellt. Einige fahren gleich von der vereisten Landebahn in die Wiese, mit mittlerweile 30 cm Schnee, andere starteten erst gar nicht, 2 flüchteten mit ihren Familien Richtung Westen. Die Männer verließen die Fahrzeuge und schlenderten zum Flughafen.

Die Fahrzeuge verschwanden im Dickicht des Unwetters. Donnernde Geräusche. Nun müsste die Maschine kommen. Sie war überfällig. Plötzlich schoben sich die Fahrzeuge ineinander, ein Krachen, Turbinenheulen des Flugzeugs, Donnern, Explosionen. Jetzt sah man die riesige Nase des Passagierflugzeuges. Das Fahrwerk, zerbrach. Noch 18 Meter bis zum Flughafengebäude, 15 Meter, 8 Meter, das erste Auto wurde quer durch die Flughafenscheibe gedrückt. Die Menschen schreien, laufen wild umher. Dann wurde es ruhiger, aber es gab keine weitere Explosion. Alle überlebten diesen Horror-Unfall. Verletzte gab es, Aber das heilt. Es ist immer noch Samstag. Jetzt 17 Uhr und die Sonne scheint wieder.

AUS DEM PRIVATEN LEBEN EINES POLIZEIBEAMTEN:

KOMMISSAR JEFFREY BERNDSDORFER, KANTONSPOLIZEI DER SCHWEIZ

Ich möchte hier berichten, wie mich das Internet aus der Bahn geworfen hat:

Die andere Welt

Ich wohne in Bern und bin Kommissar. Es ist eine sehr schöne Stadt in der Schweiz, kennt jeder. Mein Name ist Jeffrey und seitdem meine Frau gestorben ist, verkroch ich mich in eine Art Scheinwelt. Diese Welt war das Internet. Fast den ganzen Tag kommunizierte ich mit Menschen, die ich eigentlich gar nicht kannte und auch nicht näher kennenlernen wollte. Man sah sich über einen Videoanruf und im Laufe der Jahre merkte ich, dass diese angeblichen Freunde überhaupt keine Freunde waren. Doch ich wollte zu diesem Zeitpunkt die negativen Seiten dieser virtuellen Welt nicht sehen. Ich vernachlässigte mich und meinen Job extrem und Nahrung gab es nur noch aus der Tüte. Obwohl mir schon bewusst war, dass ich auf Dauer so nicht weitermachen konnte, klebte ich immer fester an meinem, mittlerweile vollkommen durchgesessenen Schreibtischsessel. Ich merkte, dass mein Konto immer öfter im Minusbereich stand, durch die Telefoniererei, aber auch durch Menschen, die meine Gutmütigkeit scharmlos ausnutzten. Sie waren lange freundlich und nett, bis sie ihr wahres Gesicht zeigten. Ich wurde sozusagen beliehen. Irgendwie betrachtete ich mich in solchen Momenten als Pfandhausgegenstand, welchen man erst einmal abgab, um Geld dafür zu bekommen. Das wiederholte sich zigmal. Bis heute hat sich daran nichts geändert.

Ich bin reingefallen, aber ich habe einfach nicht die Kraft, an der Schraube des realen Lebens zu drehen. Doch oft kommt die Erkenntnis erst durch ein einschneidendes Erlebnis. Ich tat nach wie vor täglich, und auch weiterhin, das Falsche. Es schlich sich eine Krankheit nach der anderen ein. Durchblutungsstörungen, meine Herzkraft ließ nach, von meinen Leberwerten ganz zu schweigen. Eine Haushaltshilfe musste her, denn die Arbeiten in meiner Riesenwohnung konnte ich nicht mehr verrichten.

Melanie Busch stellte sich vor und am folgenden Tag schon stellte sie meine Wohnung auf den Kopf. Nicht nur meine Wohnung reinigte sie, sondern auch meinen Geist. Mit ihr saß ich stundenlang zusammen, sie brachte Klarheit in mein Denken. Die Einsicht, etwas Sinnvolles im realen Leben zu schaffen, hatte ich schon nach den ersten Gesprächen. Jedes Mal wurden die Unterhaltungen auch mit lustigen Momenten untermalt. Wir lachten sehr viel und Melanie und ich fühlten uns wie für einander zugeschnitten. Wir verliebten uns ineinander und ergänzten uns in allen Lebensbereichen. Ich heiratete sie, nachdem sie mich durch gesundes Essen heilte. Dieser Mensch hatte mir die Augen geöffnet und mir den Weg geebnet, ins reale Leben mit all seinen Facetten zurückzufinden.

Und gerade als Kriminalbeamter ist ein gesunder Menschenverstand sehr wichtig. Nicht, dass ich das Internet nicht mehr nutze, doch auf jeden Fall. Nur die Kriterien und Wünsche sind jetzt andere.

AUS DEM PRIVATEN LEBEN EINES POLIZEIBEAMTEN: JACK BRADY, POLICE LIEUTENANT, LOS ANGELES POLICE DEPARTMENT (LAPD)

Ich bin Jack Brady. Jeder hat einmal im Jahr Geburtstag, ich auch. Immer schon habe ich mir einen Bageesprung gewünscht. Wie spannend das ist, lest ihr hier:

Vorahnung

Jack Brady sprang. Etwas mulmig wird ihm wohl gewesen sein. Er weiß es nicht mehr. Jetzt sprang er 100 Meter in die Tiefe. Bei den ersten Metern dachte er daran, ob auch die Gurte und Karabinerhaken genug gesichert sind. „Hoffentlich reißt das Seil nicht.", dachte er. Bungeespringen bringt auch Risiken mit sich. Jack wurde etwas flau im Magen. Als er sich im freien Fall befand, sah er ein Kind vor Augen. „Wie war das möglich?", fragte er sich Jack und erkannte sich selbst. In einem hellen Licht erkannte er sein Gesicht nach der Geburt. Seine Eltern waren sehr liebevoll zu ihm. Vater Frank schraubte den Stuhl, an dem der kleine

Jack hochklettern wollte, auf dem guten Parkett fest. Damit wollte er erreichen, dass der Kleine nicht kippte. Mutter Jane schimpfte, freute sich aber gleichzeitig über die Fürsorge von Frank. Mit Freund Carl stieg Jack oft durch ein kleines Loch in den Nachbargarten. Jede Menge Äpfel gab es dort kostenlos. Jedoch Nachbar Peters ärgerte sich immer, wenn die Lausbuben kamen und Äpfel klauten. In der Schule machte sich Jack sehr gut und seine Leistungen waren einmalig. Bis zum Studium lief es reibungslos. Hier lernte er auch Cindy kennen und lieben. Cindy war etwas älter als Jack. Heute ist Jack Police Lieutenant beim Los Angeles Police Department (LAPD).

Nach der Ausbildung wünschten sich beide zwei Kinder. Sie studierte Sprachen und bekam einen Job an der Stadtzeitung. Auch über Sport berichtete sie. Sie wusste auch, dass Bungeespringen eine gefährliche Sportart war. Aber es war nun mal Jacks Wunsch, einmal im freien Fall den Erdboden zu erreichen.

Zwei süße Mädchen wurden geboren und sahen Cindy sehr ähnlich. Die Ohren haben sie aber von mir meinte Jack immer lachend. Sie unternahmen sehr viel gemeinsam mit den Kindern. Die Dinge rauschten an Jack vorbei und das Licht wurde immer heller und greller. „Was passiert hier nur?", dachte er. Das war sein letzter Gedanke, bevor er in den Tod stürzte.

Plötzlich ein Schrei! Cindy schüttelte ihn wach und schrie: „Jack, wache endlich auf, es war ein Traum!" Heute sollte das Freizeitparadies mit

Pam und den Kindern besucht werden. Jack hatte für 14 Uhr den Bungeesprung gebucht. Nassgeschwitzt und kreidebleich ging Jack zur Toilette. Die Familie fuhr daraufhin zum Park. „Sie sind der Nächste", sagte das Personal. „Nein", sagte Jack, „ich kneife. Ich träumte, dass der Karabinerhaken brach und ich abstürzte. Ich habe Angst um meine Familie und um mein Leben."

Der erfahrene Mann am Bungee-Seil lachte und zeigte Jack die gute Ausrüstung. „Fünf sind vor ihnen gesprungen. Das Geld kann ich ihnen leider nicht erstatten. Schauen Sie, hier sind die Karabinerhaken."

Als er den dritten Haken in die Hand nahm, brach das Gelenk in zwei Teile.

69

AUS DEM PRIVATEN LEBEN EINES POLIZEIBEAMTEN: STEVE MILLER, SAN DIEGO, POLICE OFFICER - SAN DIEGO POLICE DEPARTMENT (SDPD)

Hallo, mein Name ist Steve Miller. Ich bin Polizeibeamter und gleichzeitig motorsportbesessen. Mit meinem Freund Bob fahren wir NASCAR-Rennen. Einmal wieder bewies ich meinen Polizeiinstinkt:

Sein Rennen

Zwei Männer stiegen nachts in „BOB COB'S RENNSTALL" ein. Sie haben nichts gestohlen, sie ließen etwas dort. Am nächsten Tag stand das NASCAR-Rennen an. Bob und sein Team waren sehr zuversichtlich, mindestens einen dritten Platz einzufahren, schließlich benötigten sie den Geld-Gewinn, da ihr Rennwagen eine völlig eigenständige Karosserie besaß und Ersatzteile teuer sind.

Der Motor wird von Steve gewartet, die Karosserie ist eine Gemeinschaftsproduktion. Jeder konstruierte am Rennwagen eifrig mit. Was erst eine wilde Idee war, entwickelte sich nach dem Besuch im Windkanal als Hammer. Fantastische Werte beim Luftwiederstand und dann noch diese keilförmige Form, Bob sagt jedes Mal: „Mein sexy Baby" zum Geschoss.

Die Anspannung steigt, jeden Augenblick das Startsignal. Steve hat beste Arbeit geleistet, die 8 Zylinder laufen rund, jede kleinste Unruhe würde

Bob merken, er ist so sensibilisiert, dass er sogar im Hintern eine Vergaserfehleinstellung von einer achtel Umdrehung bemerkt.

3, 2, 1 und los. Ein Blitzstart für Bob, drei Rennwagen sind gleich in der Startphase überholt. In dieser Saison gab es bereits 3 zweite Plätze, heute sollte es klappen, das ahnte wohl auch Dan Saxxon mit seinem Pontiac, er gewann das letzte Rennen, nicht ganz unumstritten, aber nachzuweisen war ihm nichts.

Saxxon schob sich auf den ersten Platz vor, Bob steht auf der vierten Position. Dahinter spielt sich die Hölle ab, um jeden Zentimeter wird gekämpft. In den bislang 6 Saisons, die Bob bislang erlebte, zeigte sich Saxxon als eher ungestümer Rennfahrer. Sein Vater steckte viel Geld in den Saxxon-Rennstall, Dan war quasi zum Siegen verbannt. Aber als Sieger wollen schließlich alle aus dem Rennen gehen. Bob dagegen war ein Rennfahrer seit der Kindheit. In seiner Seifenkiste baute der Vater eine andere Übersetzung ein, das war erlaubt, denn jeder hatte konstruktive Freiheiten. Als Bob 14 war, der Vater starb in dem Jahr, schraubte Bob nun selbst. Das Rennrad wurde leichter gemacht, das Motorrad getunt, in den Straßenwagen kam ein Rennmotor. Dann lernten sich Bob und Steve kennen, Steve ist Polizeibeamter. Beide schraubten an allem, was ihnen in die Finger kam. Und nun das Nascar-Rennen, ein Traum wird wahr wenn es zum Sieg reichen würde.

Aber da war eben Dan Saxxon, der hatte etwas dagegen. Den wahrscheinlich teuersten Rennwagen auf der Strecke, aber ihm fehlte eben das gewisse Extra. Bob kommt näher, Bob überholt gekonnt den Dodge, Bob sitzt nun Dan Saxxon im Nacken. Normalerweise kann Bob mit seinem Baby den Pontiac von Saxxon nicht überholen, aber da ist eben das gewisse Extra, was eben in Bob ist.

Die Rennwagen kommen an der Zuschauertribüne vorbei, es wird gejubelt, man liebt Bob's Baby eben, aber auch Bob, dieser sympathische und immer gut gestimmte Junge von nebenan.

Kurz hinter der Tribüne beginnt das Baby zu stottern. Zwei Wagen überholen Bob, wer nun auch auf die Idee von Steve kommt... „Sabotage", dem sei gesagt, dass ab der vierten Platzierung die Rennwagen nicht kontrolliert werden. Bob sprach mit seinem Baby: „Komm', wir schaffen das... komm' Baby, gib alles!"

Der vierte Platz scheint für Bob sicher zu sein, bei einem Defekt am Vergaser wäre er darüber froh, erst Recht Dan Saxxon. Noch zwei Runden sind zu fahren. Bob sieht plötzlich vor sich eine riesige Staubwolke, er fährt über Trümmerteile. „Auch das noch!", schreit Steve in der Boxengasse. „Hoffentlich halten die Reifen!"

Die Rennwagen auf Platz 2 und 3 haben sich aus dem Rennen geschossen. Bob ist plötzlich wieder auf dem zweiten Platz, aus der Sicht von Saxxon ist das doch OK, oder? Aber Saxxon zeigt Nerven, lässt sich in der letzten Runde zurückfallen, täuschte ebenfalls Motorprobleme und versucht Bob aus der Rennstrecke zu drängen.

Vergebens, denn es bleibt dabei, Dan Saxxon ist der Winner, Bob mit seinem Baby belegt den zweiten Platz. Steve ist überglücklich, Bob jubelt und Dan hielt sich zurück. Die Vergaseraussetzer sind längst vergessen, das Preisgeld ist in Bobs und Steves Köpfen. Trotzdem wünschte Steve, er hat schließlich einen Riecher als Polizeibeamter, eine Untersuchung.

Die Untersuchungskommissare fanden in Bobs Rennwagen eine Funkfernsteuerung und wiesen verunreinigtes Rennbenzin nach. Mit dem eigenartigen Benehmen von Saxxon nach dem Rennen nahmen sie Saxxon in die Mangel. Dan Saxxon gestand! Auch weitere Manipulationen gestand er. Er angergierte zwei Profis, die in die jeweiligen Rennställe einbrachen und die Rennwagen manipulierten.

Bob wurde natürlich zum Sieger erklärt. Ach ja, die ganze Saison gewannen Bob und sein Baby.

AUS DEM PRIVATEN LEBEN EINER POLIZEIBEAMTIN: ANDREA WARDENGA, KRIMINALPOLIZEI (POLICJA KRYMINALNA) WARSCHAU

Mein Name ist Andrea Wardenga. Ich bin Kommissarin in Warschau. Gern möchte ich diese Geschichte beisteuern und mich gleichzeitig bei meinen Eltern für ihre Liebe und die Ausbildung zur Polizeibeamtin bedanken.

Knockout

Die fünfte Runde brach an. Piotr hatte schon mehrere Treffer hinnehmen müssen. Irgendwie war Baxxter übermächtig. Dabei hatte Piotr wirklich viel trainiert. 42 Sekunden sind schon wieder vorbei. Lena, seine Frau konnte es kommen sehen. Sie saß genau hinter den Ringrichtern. Eine schwere linke, traf Piotr. Knockout!

Von Beginn des Kampfes an, sah Lena alles wie in Zeitlupe. Sie sah ihren Mann Piotr an und wusste, dass etwas nicht stimmen würde. Sonst tänzelte er immer im Ring, blinzelte ihr zu. Jetzt ein starrer Blick. Piotr war von Kindheit an ein ehrgeiziger und fleißiger Boxer. Schon im Kindesalter kannten sie sich. Mit 17 verliebten sich beide ineinander und hatten großartige Träume. Lena begann eine Ausbildung in einer Bäckerei in Warschau. Piotr's Leidenschaft war immer an alten Motoren herumzuschrauben. Eine Ausbildung wollte Piotr nicht machen, denn er wollte sofort das große Geld verdienen. Er wollte seiner Lena einiges bieten können. Er nahm auf dem nahegelegenen Schrottplatz einen Job an, und konnte somit seiner Leidenschaft nachgehen. Gutes Geld machte er damit zwar nicht, aber privat Autos reparieren, brachte gute Nebeneinkünfte.

Piotr hatte einen durchtrainierten Körper. Eine V- Figur, breite Schultern und ordentlich Muskelmasse, wie gesagt, mit 12 Jahren begann er, mit dem Boxen. Er war sehr erfolgreich. Je höher die Gewichtsklasse, umso härter wurden die Kämpfe. Lena bat Piotr immer und immer wieder, lieber eine Ausbildung zu machen. Wir können dann besser sparen und uns Rücklagen schaffen für das, was wir uns erträumt haben. Beide hatten eine kleine Wohnung, ein liebevoll eingerichtetes Wohnzimmer und ein verspieltes Schlafzimmer, welches sie ihre Spielwiese nannten. Für Lena war es das Paradies. Und jetzt? Jetzt sah sie Piotr, wie in Zeitlupe zu Boden fallen. Alles ging ihr nun durch den Kopf.

Piotr erhielt hohe Preisgelder. Aus der kleinen Wohnung wurde ein prachtvolles Haus. Zwei Sportwagen für Piotr. Luxus-Kleider für Lena. Sie war eine Frau, die sich vom großen Geld verführen ließ. Aber war es das wert? Piotr's Körper fiel immer weiter zu Boden, immer weiter. „Was nutzt uns der Luxus, wenn meinem Mann etwas zustößt.", dachte Lena. „Mein Gott, ich will alles wieder eintauschen!", schrie sie über die Ringrichter hinweg. Sie rannte los. Piotr's Körper fiel hart zu Boden. Man hörte nur ein Knacken. Lena wollte in den Boxring, aber der Trainer hielt sie von dort fern. Auch er hörte das Knacken. Der Trainer schrie:

„Er darf nicht berührt werden." Die Ambulanz trat ein und die Dinge nahmen ihren Lauf.

Heute sind meine Eltern immer noch ein Paar und beide haben eine Tochter, das bin ich. Meine Mutter übernahm die Bäckerei. Inhaber Stanisław Rot verkaufte sie aus Altersgründen. Über dem Eingang hängt weiterhin das Schild mit der Aufschrift *„Gutes Brot gibt es bei Rot"*. Mein Vater hilft oft aus, so gut es geht. Er sitzt zwar im Rollstuhl, aber er lebt.

AUS DEM PRIVATEN LEBEN EINES POLIZEIBEAMTEN:

CARLO X, MAFIABEKÄMPFUNG, DIREZIONE INVESTIGATIVA ANTIMAFIA (DIA)

Nennen Sie mich Carlo X, meinen echten Namen kann ich in der Öffentlichkeit nicht nennen. Ich war für die Mafiabekämpfung zuständig. So einige würden mich gern tot sehen. Jetzt bin ich pensioniert. Ein Weingut habe ich mir gegönnt. Folgende Geschichte wird über dieses Weingut erzählt:

Die Wendeltreppe

Das alte, sehr gepflegte Herrenhaus stand inmitten eines Weingutes. Welches der Weingüter es ist, darf hier nicht erwähnt werden.

Agathe und Antonio waren adelige Leute und bewohnten es schon lange. Agathes erster Ehemann, Bernhardt, starb sehr früh. Es war keine Liebesheirat, sondern eine Zweckverbindung. Sie konnte das Weingut jedoch nicht allein bewirtschaften. Auf einer Reise durch Italien lernte sie Antonio kennen. Er wusste nicht, dass Agathe eine Adelige war. Er verliebte sich in sie. Antonio selbst ist ein gepflegter Mann mit sehr guten Manieren. Agathe ließ sich von Antonios Charme einwickeln und verliebte sich ebenfalls. Sommelier war Antonio von Beruf und reiste durch Europa. Er war ein Experte, was den Weinanbau und das Keltern anging. Jeder Winzer war auf seine Meinung und seinen Rat angewiesen. Agathe zeigte Antonio das Weingut. In ihrem Lancia Cabriolet fuhr sie kreuz und quer durch das Land. Antonio hatte nur noch Augen für Agathe. Es war seine ganz große Liebe. Irgendwann wollten sie Kinder haben, jedoch dieser Wunsch blieb ihnen verwehrt. Das Weingut war sehr erfolgreich und viele Höhen und Tiefen erlebten beide gemeinsam. Ohne den anderen Partner ging es nicht. Eines guten Tages stand eine Dürreperiode an. Es regnete wochenlang nicht. Alles trocknete regelrecht aus. Ein großer Teil ihrer Ersparnisse ging drauf, damit die Arbeiter und Arbeiterinnen auf dem Weinberg bezahlt werden konnten. Denn die gesamte Weinernte fiel ins Wasser. An jeder Ecke mussten sie sparen. Das Herrenhaus wurde nicht geheizt. Weiterhin aber gab es für die Angestellten des Weingutes warmes Essen. Auch das Weihnachtsfest und die Nikolausfeier wurden ausgerichtet. Auch für Geschenke sorgten Agathe und Antonio. Doch die seelische Belastung wurde für Agathe immer unerträglicher. Sie wurde sehr krank. Über 70 Jahre alt waren beide mittlerweile und ihre Liebe war groß wie immer. Der Zusammenhalt war riesig.

Im darauffolgenden Jahr war die Traubenernte wieder sehr gut. Alles schien wieder in Ordnung zu sein. Agathe aber erholte sich schlecht von ihrer Krankheit. Antonio arbeitete fleißig auf dem Weingut. Er war sehr besorgt um seine große Liebe und versorgte Agathe sehr liebevoll. Eines Tages, es war ein warmer Spätsommer, die Sonne ging im Westen unter. Agathe beobachtete den Sonnenuntergang. Sie fühlte sich sehr schwach und fragte ihren Geliebten nach einem Glas Wein. Es sollte ein besonderer Wein sein. Eine Flasche aus ihrem Hochzeitsjahr. Im Weinkeller lagerte er wohl temperiert über Jahrzehnte. Es war ein Gewölbekeller, 5 Meter unter dem Herrenhaus. „Liebster, hole uns eine Flasche Wein herauf. Aber bitte halte Dich gut am Geländer fest denn die Wendeltreppe ist gefährlich. Ich liebe Dich und freue mich auf gleich.", sagte Agathe. Antonio freute sich darüber und ging langsam die Wendeltreppe herauf, nicht etwa hinab! Es wurde immer heller mit jeder Stufe und heller und immer heller. Oben angekommen nahm ihn seine geliebte Frau Agathe in die Arme und sagte: „Liebling, jetzt sind wir für immer zusammen, für immer und ewig."

So wurde es an mich herangetragen.

Carlo X

Niemand will unser Glück teilen

Brigitte hatte viel durchgemacht im Leben, ihre kranke Mutter, die sie pflegte bis zum Tod, Kindererziehung und einen Tyrannen von einem Mann musste sie ertragen, bis auch er starb, vor einem Jahr. Brigitte Reimers war 58 Jahre alt. Noch sehr hübsch, attraktiv und aktiv. Jedoch konnte sie sich nicht mit dem Gedanken abfinden, nie mehr einen Mann kennen lernen zu können. Aber es kam ganz anders. Obwohl ihre Kinder nicht damit zurechtkamen, hatte sie sich unsterblich in einen gutaussehenden jüngeren Mann verliebt. Der Altersunterschied war nicht gravierend. Nur ein paar Jahre war Brigitte älter. Die Liebe war so groß, dass sie schon nach kurzer Zeit zusammen zogen. Das Internet hatte diese Beziehung möglich gemacht. Gott sei Dank war hier das Internet positiv. Denn oft kommt man an sogenannte "Scammer", das sind klassische Heiratsschwindler im Netz, gaukeln die große Liebe vor, wollen dann aber Geld für Flug, Visum, Arztbesuch, und, und, und.

Olaf war ein gestandener Mann, hatte studiert und war sehr liebevoll und zärtlich zu Brigitte. Sie lebten in einer kleinen Stadt nahe Brüssel in Belgien. Eines Tages, sie kamen gerade vom Einkauf zurück, mussten sie feststellen, dass die Haustür aufgebrochen war. Im Flur des Hauses lag ein Brief, auf dem stand, dass es den beiden schlecht gehen würde wenn sie zusammen bleiben würden. Brigitte und Olaf durchzog ein Schauer. Wie oft wurden sie schon in der letzten Zeit angefeindet. Niemand gönnte ihnen das Glück. Neid und Missgunst bekamen die beiden häufig zu spüren. Warum gönnte man ihnen die Liebe nicht? Man ließ sie einfach nicht in Ruhe. Zum Glück wurde nichts gestohlen. Kommissar Peter Adrian untersuchte den Einbruch. Einige Tage später war der Einbruch fast vergessen, doch es ereignete sich wieder etwas. Das Garagentor war aufgebrochen. Und alles Mögliche an Werkzeug wurde gestohlen. Auch andere wichtige Dinge. Kommissar Adrian kam wieder zum Einsatz. „Es sind keine Fingerabdrücke zu finden. Im Augenblick bin ich ratlos. Trotzdem werde ich diesen Fall im Auge behalten und Kollegen konsultieren." Olaf wurde nachdenklich: „Was sind das nur für kranke Menschen?" Brigitte weinte: „Kommen wir denn niemals zur Ruhe?" Auch dieses Mal wurde dieser Vorfall nach einiger Zeit vergessen. Nichts passierte mehr und sie konnten endlich ihr Zusammensein genießen. Leider hatten sie nicht damit gerechnet, dass der Terror per Telefon weiterging. Es klingelte den ganzen Tag. Immer wenn Brigitte den Hörer abnahm und sich meldete, wurde am anderen Ende wieder aufgelegt. Wer war das? Olaf war das Spielchen leid. Und ließ die ankommenden Anrufe durch Kommissar Adrian überprüfen. Sie wurden zurückverfolgt.

Eines Tages klingelte es an der Tür. Ein Polizist stand vor Brigitte. „Mein Name ist Erich Henkel, ich bin ein Kollege von Kommissar Adrian. Ich bin der zuständige Beamte im Bereich Internet und Telefon. Nun komme ich in einer ernsten Angelegenheit. Sie hatten uns beauftragt, dass sie per Telefon belästigt werden. Wir haben die Anrufe verfolgt und müssen Ihnen leider mitteilen, dass diese Angriffe von ein und derselben Person durchgeführt wurden. Es war ein Familienmitglied, Ihnen bestens bekannt. Frau Reimers…", sprach Herr Henkel, „ich muss Ihnen sagen, es ist Ihr Sohn, er gönnt Ihnen das Glück nicht. Sie müssen da etwas unternehmen, so geht es nicht weiter." Am nächsten Morgen mussten sie zur Wache und der Sohn von Brigitte Reimers wurde ebenfalls geladen. Nach einer gründlichen Aussprache stellte sich heraus, dass er mit dieser Situation nicht fertig wurde. Seine Mutter hätte sich grundlegend verändert. Sie war nicht mehr die, die er kannte. Nein, sie hatte sich weiterentwickelt, wurde eleganter und schlanker. Er erkannte seine Mutter nicht mehr wieder. Aber ins Geheim war er doch stolz. Ein Polizei-Psychologe schaltete sich ebenfalls ein. Brigittes Sohn akzeptierte zum Schluss, dass seine Mutter ein Recht darauf hatte glücklich zu sein.

Der Tote am Ellenbogen

Die Inspektoren Rene Brandt und Thomas Sörensen hatten eigentlich Urlaub. Sie wollten das warme und sonnige Wetter am Strand von List genießen. Plötzlich ertönte ein Song vom Sylter-Shanty-Chor. „Mensch, hätte ich doch mein Handy zu Hause gelassen.", jammerte Thomas. „Ist doch allerhand, dass man nicht einmal im Urlaub seine Ruhe hat.", sagte er wütend. Gert Hamelau vom Kommissariat in List, dort ist er der Boss, wie er immer lachend zu sagen pflegte, rief an. Er brüllte aufgeregt in den Hörer: „Wo seit ihr gerade Jungs?"... „Ich brauche euch dringend.", rief er mit Nachdruck in den Hörer. „Wie hast du wieder so schnell herausgefunden, dass wir Urlaub haben Gerd?", antwortete Thomas sauer.

„Gerade einmal einen Tag haben wir uns hier am Strand lang gemacht und du gehst uns schon wieder auf den Sack.", wetterte der Kommissar. Gerd Hamelau blieb gelassen und redete weiter, denn im Grunde verstanden sich alle prächtig: „Drüben am Leuchtturm liegt eine Leiche, Leute. Das ist uns von einem Urlauber mitgeteilt worden." Der Tote scheint männlich zu sein, leider fehlt ihm der Kopf.", sagte Gert und räusperte sich dabei. „Hat sich wohl jemand als Andenken mitgenommen.", versuchte Rene einen Witz zu machen, um seinen Kollegen aufzuheitern, der sichtlich durch die Nachricht angeschlagen war. „Nein, das ist eine toternste Sache, den Kopf müsst Ihr finden.", antwortete Gert Hamelau etwas ärgerlich. „Na ja gut, es bleibt uns wohl keine andere Wahl.", meinte Rene Brandt kleinlaut.

Schon kurze Zeit später, trafen die Kommissare am Tatort ein. Sie sperrten großflächig den Ort des Grauens ab und riefen die Spurensicherung an. Stofffetzen, Fußabdrücke von dicken Stiefeln und einige Jackenknöpfe wurden gefunden. „Scheinbar hat hier ein Kampf stattgefunden.", stellte Sörensen fest. Leider blieb der Kopf erst einmal verschwunden. Vorsichtig wurde die Leiche, die schon ausgeblutet war, in einen Plastiksack gesteckt und zur Obduktion gebracht. Die Kommissare Brandt und Sörensen veranlassten, die Gegend gründlich abzusuchen und notfalls mit dem Boot rauszufahren, um den Kopf zu suchen.

Einige Tage gingen die Untersuchungen in gleicher Weise weiter, bis Sörensen vorläufig die Aktion stoppte. Bei der Obduktion fand man erhebliche Mengen von Betäubungsmitteln im Magensaft des Toten. Der Mann war Mitte dreißig. Er hatte seine Papiere und seine Geldbörse noch bei sich. Ein Raubmord konnte so ausgeschlossen werden. Es handelte sich um einen Studenten, der wahrscheinlich ein wenig Urlaub machen wollte. „Nein.", sagte Thomas Sörensen. „Rene, wir müssen zum Tatort zurück.", sagte der Kommissar. Thomas war fest davon überzeugt, dass sie etwas übersehen hatten. Rene meinte: „Aber es ist doch alles gründlich abgesucht worden, die haben doch nichts gefunden." Aber Kommissar Brandt blieb bei seiner Vermutung. Sie fuhren los. Erst einmal gingen sie ausgiebig essen, denn auch Polizeibeamte bekommen einmal Hunger. Plötzlich klingelte wieder einmal überraschend, und dieses Mal mitten im Restaurant, das Telefon. Es war so laut, dass Thomas sich fast an seinem Krabbensalat verschluckte.

„Verdammt noch mal, langsam habe ich aber die Schnauze voll.", wetterte Thomas los und nahm wiederwillig das Gespräch entgegen. „Hamelau hier.", meldete sich eine resolute Stimme: „Wir haben herausgefunden, dass sich hier auf der Insel ein gefährlicher Psychopath versteckt hält, aber bislang ist er noch nicht gefunden worden. Zum Glück existieren Bilder von Gerd Hamelau. Die Kommissare Brandt und Sörensen wurden hellhörig. „Konkreter kann ich ihn leider nicht beschreiben, aber man kann ihn als äußerst gefährlich einstufen.", antwortete der Polizeibeamte Hamelau.

„Ist es eigentlich selbstverständlich, dass wir jedes Mal, wenn wir Urlaub haben Fälle lösen müssen, Thomas?", schimpfte Rene. Die Männer gingen noch einmal an den Tatort zurück. Überall lag Blut herum. Wieder suchten sie alles ab. „Halt!", rief Thomas. „Komm' einmal bitte her, Rene und sieh Dir das an.", schrie er regelrecht hysterisch, denn er war immer noch genervt von dem Anruf. Kommissar Sörensen fand einen Erdhügel, der noch relativ frisch aussah. Es sah so aus, als wenn vor kurzem noch jemand etwas vergraben hätte. „Leider müssen wir hier buddeln, Thomas.", sagte Rene. „Ich glaube, wir werden eine Überraschung zu Gesicht bekommen.", meinte der Kommissar. Die Beamten waren nicht nur überrascht, sondern auch schockiert und angeekelt über den Fund. Sie gruben einen Kopf und etwas davon entfernt eine Kettensäge aus.

Am anderen Tag studierten sie eine Reihe von Fotos, die diesen Psychopathen zeigten. „Eigentlich eine unscheinbare Gestalt, er könnte bestimmt niemanden umbringen.", spekulierten sie. „Drüben in Westerland ist doch ein großer Strandkorbverleih, da steht immer einer drin mit Sonnenbrille und langem Bart.", überlegte Thomas. „Ich hab mir immer schon gedacht, ihn einmal zu überprüfen, denn ich glaube mit dem stimmt was nicht.", meinte er. Sie fuhren los, das Wetter war herrlich und wieder ärgerten sie sich über die unfreiwillige Arbeit, die sie machen mussten. Die Strandkörbe wurden reihenweise gemietet und der Typ in dem Kassenhäuschen hatte alle Hände voll zu tun.

Die beiden Kommissare mussten sich etwas einfallen lassen, denn sie wollten nachprüfen, ob seine Papiere in Ordnung waren. Sörensen stellte sich kurz vor und sprach ihn an: „Mein Kollege und ich haben den Auftrag, alle Leute hier in der Umgebung nach ihren Ausweisen zu fragen." Er redete weiter: „Hier ganz in der Nähe ist ein grausamer Mord geschehen, ich glaube, Sie haben davon schon in der Zeitung und in den Nachrichten erfahren." „Mein Kollege und ich müssen diesen ekelhaften und grausamen Mord aufklären, leider.", sagte Rene Brandt.

„Wir sind vom **Sonderdezernat Hörnum 1**.", ergänzte Sörensen. Der Strandkorbbetreiber wurde sichtlich unruhig. „Ja, da kann ich Ihnen nichts zu sagen.", entgegnete der eigenartige Mann mit zittriger Stimme. Da die Kommissare den Zeitpunkt des Todes und fast den genauen Tag ermitteln konnten, fragten sie den Mann nach seinem Alibi für diesen Zeitraum. Immer deutlicher erkannten die Beamten, dass hier etwas faul im Staate war. Schnell fanden sie heraus, dass der Strandkorbbetreiber unter einem falschen Namen auf der Insel war, und dass seine Papiere gefälscht waren, und dass er außerdem für den besagten Zeitpunkt kein Alibi vorweisen konnte.

Im Kommissariat gestand er den Mord und erklärte:" Dieser Mann hat mich gedemütigt und beleidigt, denn angeblich soll ich seine Freundin vergewaltigt haben." Er redete weiter: „Ich habe dann irgendwann rot gesehen und wollte ihm sein dreckiges Maul stopfen." Weiter sagte er: „Ich lauerte ihm auf um ihm eine Lektion zu verpassen, aber mein Verstand muss in dem Augenblick ausgesetzt haben. Wie im Blutrausch zog ich ihn in mein Auto, nachdem ich ihn vorher mit einem Betäubungsmittel willenlos gemacht hatte. Bei mir in der Garage passierte dann das Schreckliche…" „Genug, genug!", schrie der Kommissar, „Das ist ja widerlich, Sie sind ja ein Irrer.", sagte er weiter.

Für immer wanderte der Mörder ins Gefängnis. Nie mehr bekam er Gelegenheit grausame Dinge zu tun.

Endlich konnten die Kommissare ihren hart verdienten Urlaub genießen, ohne einen Anruf zu bekommen. Hoffentlich!

Eine nette ältere Dame

Maria Müller bestellte gerade in einer Bäckerei in Dresden Pieschen vier Brötchen und ein Bauernbrot. Plötzlich fasste sie sich an die Brust und wimmerte: „Mein Herz, mein Herz." Dann sackte sie langsam zusammen. Bäckerin Greta Harnbacher drehte die Wählscheibe an ihrem Telefon. „Bitte schnell einen Arzt, schnell bitte. Bei Harnbacher Zur alten Mühle."

Eine Menschenmenge sammelte sich in der Bäckerei und davor, während alle auf den Krankentransporter warteten.

Niemand bemerkte, wie zwei gutgekleidete Herren, mittleren Alters mit Aktenkoffer die gegenüberliegende Bank betraten. Es bemerkte auch niemand, wie zwei gutgekleidete Damen den daneben liegenden Juwelier betraten.

Niemand merkte, wie zwei Halbstarke mit Elvis-Tolle, sich vor den Türen der Bank und des Juweliers positionierten. Die Halbstarken, in Jeans und Lederjacke, schauten regelmäßig auf ihre Uhren und gaben sich Zeichen. Währenddessen zückten die beiden Herren in der Bank, Maske und Eisen. „Jeder bleibt da, wo er gerade steht. Dies ist ein Banküberfall, wir machen Ernst und im Koffer ist eine Bombe." Der eine hielt die drei Angestellten in Schach und der andere räumte die Kasse leer. Alles Geld packte er gierig in große Tüten, die in dem Koffer waren. Derjenige, der die Angestellten in Schach hielt, stellte einen Aktenkoffer mit einem tickenden Etwas mitten in den Kassenraum. Drähte schauten heraus. Die Gauner hauten in aller Seelenruhe ab und wendeten ihre schwarzen Mäntel, sodass sie nun weiß waren. Im Juweliergeschäft spielte sich fast das Gleiche ab. Die eleganten Damen ließen sich beraten. Plötzlich hatten sie statt eines Taschentuchs einen Revolver in der Hand. Nicht sehr groß, aber sehr effektiv. Ruck-zuck räumten sie die Auslage leer. Diamantringe und Armbänder und Uhren. Einfach alles was ihnen zwischen die Finger kam. Der Juwelier und seine Angestellten hockten in einer Ecke. Vier Meter vom Not-Schalter entfernt, um bei der Polizeiwache Alarm zu schlagen. Beide sahen nicht, wie die Diebinnen eine andere Perücke aufsetzten.

Diese Perücken waren schwarz. Die Mäntel der Damen wurden auch gewendet, sodass sie weiß waren. Inzwischen traf der Krankenwagen ein. Polizisten befragten die Bäckerin. Zwei Notärzte trugen auf einer Bahre die ältere Dame Maria Müller zum Krankenwagen. In diesem Augenblick gaben die Halbstarken den Männern in der Bank und den Frauen im Juwelierladen ein Zeichen. Die vier Erwachsenen gingen auf den Krankenwagen zu, zwangen die Ärzte einzusteigen und brausten mit Blaulicht los in Richtung Dresdner Heide. Die Bande, einschließlich der Halbstarken, floh über alle Grenzen und wurde nie wieder gesehen. Im abgestellten Koffer in der Bank war übrigens keine Bombe, sondern ein alter Wecker. Maria Müller hieß auch nicht so, sondern war die Großmutter der Bande. Auch die Enkel waren involviert. Und der Clou: Großmutter entwickelte den Plan!

Doppelleben

Rita und John Franklin bewohnten einen exklusiven Bungalow in Texas. John war Schriftsteller. Er schrieb Kriminalromane, die in der ganzen Welt beliebt waren. Sein Büro, in das er sich den ganzen Tag zurückzog, bis auf einige Stunden täglich, die er außer Haus war, lag etwas außerhalb des Hauses... ein kleiner Anbau mit separatem Eingang. Johns Bücher liefen sehr gut. Finanziell waren beide abgesichert. Ja, man konnte schon fast sagen, dass sie reich waren. Seit einigen Jahren gab Rita noch Reitstunden. Das Geld das sie damit verdiente, steckte sie immer wieder in den Kauf neuer Pferde. Die Angestellten, die die Ställe sauber hielten und die Tiere versorgten, mussten auch bezahlt werden.

Eines Tages kam John vom Verlag nicht zurück. Er wollte dort einen Vertrag für sein neues Buch aushandeln. Am Abend schellte es an der Tür der Franklins und zwei Ranger schauten Rita mit ernster Miene an. „Sind Sie die Frau von Mr. Franklin?", sagte einer der beiden riesigen Männer. „Ja, die bin ich. Was gibt es denn? Was ist los? Wo ist mein Mann?"... „Wir müssen Ihnen leider mitteilen, dass ihr Ehemann John schnurgerade vor einen Baum gefahren ist. Wir vermuten Selbstmord. Er war sofort tot."... „Aber warum sollte sich mein Mann umbringen?", sagte Rita. „Er hatte keinen Grund dazu. Uns geht es sehr gut."... „Es muss einen Grund gegeben haben.", sagte der Ranger. „Das ist zu viel für mich.", meinte Rita Franklin und brach zusammen. Einige Monate dauerte es, bis Rita das Büro ihres Mannes betreten konnte.

Ein riesiger Berg Arbeit lag vor ihr. Berge von Akten mussten sortiert und durchgesehen werden. Nie hatte sich die noch relativ junge Frau Gedanken gemacht, was ihr Mann wohl in seinem Büro machte. Wie sollte sie sich in diesem Chaos jemals zurechtfinden? Rita fing an. Angefangene oder nicht zu Ende gebrachte Geschichten, Manuskripte und Notizen. Unterlagen für die Versicherung und vieles mehr. „John hatte einfach keinen Ordnungssinn", dachte sie. Plötzlich stieß sie auf einen Ordner mit der Aufschrift: *„Nicht lebenswert"*

Was sollte das bedeuten? Sie fing an zu blättern. Sie fand Abrechnungen einer Bar. Belege von anderen diversen Einnahmen und noch viele dubiose Schriftstücke, aus denen sie nicht schlau wurde. Ihr blieb das Herz fast stehen und sie sträubte sich dagegen, dies alles zu glauben. Es war eine Tatsache, dass John Franklin ein Doppelleben führte. Geschickt hatte er vor Rita alles geheim gehalten. Sie hörte nur immer, wenn er sagte: „Ich muss noch einmal in den Verlag, ein paar Unterschriften leisten."

Er war Zuhälter, Barbesitzer und hatte seine Finger im Drogengeschäft. Für Rita Franklin brach eine Welt zusammen. Tagelang lag sie im Bett, wollte nicht mehr leben. Aber es nutzte alles nichts, sie musste wieder in das Büro ihres verstorbenen Mannes. Rita suchte weiter nach einer Antwort.

Endlich stieß sie auf einen Briefumschlag. Sie machte ihn auf und fing an zu lesen:

Meine geliebte Rita!

Wenn du das liest, wirst du verzweifelt und gekränkt sein. Du wirst den Glauben an die Menschheit verlieren und bereuen, dass du mich jemals geheiratet hast. Aber glaube mir, Rita, ich habe nie gewollt, dass so was passiert. Ich wollte nur ein glücklich verheirateter Schriftsteller sein. Aber es kam anders. Leider war ich an diesem Abend betrunken und habe alles unterschrieben, was man mir vorlegte. Wir suchten eine Nackt-Bar auf. Jeff feierte den Erfolg seines zweiten Buches und der Sekt floss in Strömen. Alle hatten schon sehr viel getrunken und Tom der Wirt setzte sich auch noch dazu. Tom war hoch verschuldet, konnte die Bar kaum noch halten. Er nutzte die Gelegenheit aus und legte mir einen Vertrag unter die Nase, in dem ich mich verpflichten sollte, seine Schulden, seine Bar und seine Nebenbeschäftigungen zu übernehmen. Da ich nicht mehr fähig war, einen klaren Gedanken zu fassen, unterschrieb ich alles. Das war mein Todesurteil. Ich musste die Bar wieder flott bekommen und Jeffs Schulden abtragen, die in erheblicher Höhe angelaufen waren. Dass ich dadurch auch in krumme Geschäfte verwickelt wurde, konnte ich nicht ahnen. Es tut mir alles so Leid, Rita. Wenn du diesen Brief liest, werde ich schon tot sein.

Dein John.

Rita Franklin zog wieder nach New York und baute sich von dem Verkauf des Hauses und ihren Ersparnissen ein neues Leben auf. So schnell wie möglich wollte sie alles vergessen. Ein Buch ihres Mannes wollte sie nie wieder in die Hände nehmen.

Die Liebe am Strand von Malibu

Ich wanderte in ein anderes Land aus. Geistig war ich relativ jung geblieben und mein Äußeres konnte ich ohne Bedenken zeigen. Mein bisheriges Leben war aus den Fugen geraten. Daher wollte ich mir eine neue Existenz aufbauen. Von dem Geld, das ich während meiner grauenhaften Ehe zusammengespart hatte, kaufte ich mir ein wunderbares Strandhaus. Wenn ich am Strand entlang lief, flatterten meine langen schwarzen Haare im Wind. Oft wälzte ich mich übermütig im Sand und kam jedes Mal dem Wasser so nah, dass mein dünnes Kleid nass wurde. Meine makellose Figur war durch das nasse Kleid zu sehen. Mit mir und der Welt wieder zufrieden, legte ich mich im gelben Bikini in meinen Liegestuhl. Ich war Autorin. Meine Bücher wurden gern gelesen und viel verkauft. Ich schrieb bei jeder Gelegenheit, denn davon gab es viele. Zeit spielte für mich keine Rolle. Ich hatte genug davon. Die Sonne bräunte meine von Natur aus braune Haut noch mehr. Meine Nachbarn waren schon älter, besaßen auch ein Strandhaus und spielten regelmäßig

Strandball. Oft fuhren sie mit dem Segelboot hinaus. Nicht unbedingt mein Ding. Ich hatte einfach keine Lust auf Kommunikation, wollte nur meine Ruhe haben. Viele Jahre musste ich mich vor meinem verstorbenen Mann verkriechen, ich hatte Angst vor ihm. Sein laut dröhnendes Organ hatte ich noch lange in den Ohren. Nun aber war alles gut, ich musste unbedingt zu mir finden, mich ordnen, meine Gedanken wieder auf die schönen Dinge richten. Ich versuchte es jeden Tag. Doch es fehlte etwas ganz Entscheidendes. Die Liebe und Zärtlichkeit, die ich nie erfahren hatte. Ich wollte ohne diese Gefühle nicht mehr durchs Leben gehen. Aber was sollte ich nur tun? Ich konnte mir doch keinen Partner aus dem Meer fischen. Meine Nachbarn Elli und Steve Baker hatten einen Sohn. Ich konnte nicht anders und musste ständig an ihn denken. Eigentlich wollte ich keinen Mann mehr kennenlernen. Aber Dan sah verdammt gut aus, war im richtigen Alter und hatte alles, was eine Frau sich wünschen konnte. Oft kam er unter einem Vorwand zu mir. War doch eindeutig, dass er mich kennenlernen wollte.

Eines Tages sagte er zu mir: „Dana, willst Du meine Freundin werden? Ich meine richtig, Du weißt schon." Abgeneigt war ich nicht und willigte ein. Das Leben war herrlich, keine Sorgen und Probleme waren zu wälzen und die Sonne schien immer. Mal lagen wir am Strand, dann trug Dan mich hinauf, wenn die Sonne unterging. Wir liebten uns in meinem Haus, das eine riesige Terrasse zum Meer hatte. Dann aber kam Dan nicht mehr. Bisher war er jeden Tag bei mir gewesen. Ich konnte es nicht fassen. Ich ging hinüber und klopfte an die schwere Eichentür der Bakers. Sie verbarrikadierten sich seit einiger Zeit. Zu oft wurde eingebrochen. Dans Vater kam zur Tür. „Ja, bitte?", sprach er in einem nervösen Tonfall. „Ich bin Dana aus dem Nachbarstrandhaus", sagte ich, „was ist mit Dan los? Ich sehe ihn nicht mehr." Der Vater antwortete: „Dan hatte einen schweren Unfall, wissen Sie das denn nicht? Er lag bewusstlos am Strand, man fand ihn am späten Abend und brachte ihn ins Krankenhaus. Das Schlimmste ist, er hatte sich die Pulsadern aufgeschnitten. Viel Blut ging verloren. Nun ist er auf dem Weg der Besserung, will aber mit keinem sprechen." „Wissen Sie denn, warum er das tat?", fragte ich ihn. „Ja, er hat seine gesamten Ersparnisse verloren. Seine Bank hatte das Geld in die falschen Geldanlagen investiert und dann war von heute auf morgen alles weg." „Und jetzt?", fragte ich. „Kann man ihn besuchen?" „Ja, das können Sie. Aber wundern Sie sich nicht, wenn er Sie nicht sprechen will." „Wir werden sehen", meinte ich und machte mich mit meinem Strandbuggy auf den Weg zum Krankenhaus. Ich ging hinauf. Die zuständige Krankenschwester versuchte mich abzublocken. „Bitte lassen Sie mich zu Herrn Baker, ich muss mit ihm reden, ich bin seine Verlobte." „Ja, Sie dürfen zu ihm", sagte die Schwester. Dana öffnete vorsichtig die Tür, ging hinein und sah, dass Dan sehr blass war. Anders gesagt, er sah schlimm aus. Dan hob seinen Blick und schaute Dana direkt in die Augen. „Ich habe alles verloren Dana. Ich wollte Dir was bieten, Du solltest alles von mir bekommen. Nun bin ich arm." „Erstens kannst Du nichts dazu, und zweitens ist Geld nicht alles im Leben", sagte Dana. „Bitte bedenke, dass ich Dich sehr liebe, auch ohne Geld. Das, was ich habe, wird für uns beide reichen und wir müssen auf nichts verzichten. Bitte lass' den Kopf nicht hängen." „Ja, Dana, mittlerweile habe ich mich wieder gefangen. In einigen Tagen bin ich wieder bei Dir." „Ich warte auf Dich Liebster", sagte Dana. Dan hatte seinen aufwendigen Lebensstil nicht mehr halten können. Das war ihm aber egal, denn seine Ansicht vom Leben, hatte sich grundlegend geändert. Dan und Dana haben Wochen später geheiratet. Eine Strandhochzeit. Alle aus den Nachbarhäusern waren eingeladen. Sie feierten und nichts erinnerte an Dans Selbstmordversuch. Ein glückliches Paar wohnte nun am Strand von Malibu in einem wunderschönen Haus mit einer riesigen Terrasse, einem roten Sofa, auf dem sie sich liebten, wenn Dan sie nach dem Sonnenuntergang hinauf getragen hatte.

Viele Jahre später schlug das Schicksal noch einmal zu.

Viele glückliche Jahre waren sie nun ein Paar. Nach dem kleinen Sohn Jason, meldete sich noch ein Mädchen an. Sie nannten sie Emilie. Doch als das Schicksal ein zweites Mal zuschlug, waren die Kinder erst 3 und 5 Jahre alt. Das Strandhaus bewohnten sie immer noch, denn es war groß genug für alle. Der Tourismus hatte extrem zugenommen und hinterließ an den Stränden eine Menge Schmutz. Clarissa Parker hatte alles im Griff, das dachte sie jedenfalls. Mit Dan zusammen schrieb sie nun Bücher. Sie waren anerkannte Autoren und flogen mit ihrem privaten Helikopter von Lesung zu Lesung. Alles war wunderbar.

Der Tag war wie immer sonnig, aber ausgesprochen heiß. Die kleine Strandbar, nicht weit von ihrem Haus entfernt, kam da wie gerufen. „Die Kinder müssten schon längst wieder zu Hause sein.", sagte Dan etwas nervös." Emilie und Jason waren bei ihren Großeltern, Dans Eltern. Sie holten die beiden mit dem Auto fast täglich zu sich. Mary und Bud Parker lebten alleine, die Enkelkinder waren ihr ganzer Stolz. Die beiden wohnten in Los Angeles County, direkt an der pazifischen Küste. Selbst wenn sie gewollt hätten, sie konnten die Kinder nicht nach Hause bringen.

Ein schrecklicher Mord hatte vier Leben ausgelöscht.

„Es muss wohl in der Nacht geschehen sein.", sagte Kommissarin Janette Oldfield. Sie war eine junge Beamtin, steckte quasi noch in den Anfängen ihres Berufes. Doch sie arbeitete verbissen. Janette dachte immer cool zu sein, doch an diesem Morgen kniete sie sich auf die Steinstufen, der Terrasse, im Haus von Mary und Bud Parker, faltete die Hände und betet mit zitternder Stimme: „Gott sag mir bitte, dass es nicht wahr ist und das ich etwas gesehen habe, was nicht existiert." Die Blutspur zog sich, von den Kinderzimmern angefangen, durch das ganze Haus. Das Schlafzimmer der Großeltern war dermaßen mit Blut überlagert, dass man nicht mehr sehen konnte was sich darunter verbarg. Der oder die Mörder schleiften die toten Kinder bis ins Schlafzimmer. Zusammen mit den beiden alten Leuten lagen sie fast schon sorgfältig hingelegt, auf dem großen Bett. Es war Raubmord von der grausamsten Art.

Sie schnitten den Kindern die Kehlen durch, sodass ihre Köpfe nur noch an einem Stück Sehne hing. Sie stachen den Großeltern mit einem spitzen Gegenstand mitten ins Herz. Auch sie waren sofort tot und verbluteten. „Schaffen Sie so schnell wie möglich alle hier weg.", schrie Janette die unschuldigen Kollegen von der Spurensicherung an. Wie eine Schlafwandlerin ging die Kommissarin hinaus, setzte sich in ihren 15 Jahre alten Porsche und fuhr ins Büro. Sie musste ihre Pflicht tun und es viel ihr nicht nur schwer, sondern ihr Innerstes weigerte sich einfach, den jungen Eltern zu sagen was geschehen war. Die Adresse der Parkers hatte sie von den Nachbarn bekommen. In der Zwischenzeit hatten Clarissa und Dan Parker die zuständige Polizeibehörde informiert, denn sie bekamen auch telefonisch keinen Kontakt. Es klingelte an der unteren Eingangspforte des Strandhauses. Durch die Sprechanlage meldete sich Hauptkommissarin Janette Oldfield an. Sie ging hinauf in den riesigen Wohnbereich des Hauses. „Darf ich hereinkommen?", fragte sie höflich an. „Ja, kommen Sie herein und setzen Sie sich.", antwortete Dan freundlich aber der Angstschweiß rann ihm unaufhaltsam ins Gesicht. „Zu diesem Zeitpunkt wussten er und seine Frau noch nicht was geschehen war." Janette wurde ungeduldig und bat die Kommissarin nun endlich um Aufklärung. Janettes Gedanken kreisten ständig um das schreckliche Bild, welches sich ihr in dem Haus der Großeltern bot. Doch, ob sie wollte oder nicht, ihr blieb keine andere Wahl.

Clarissa stockte der Atem. Sie wusste schon was die Kommissarin sagen wollte oder sie ahnte etwas. Jedenfalls wurde ihr übel und sie schlug auf den Boden aus. Dabei stieß sie sich heftig den Kopf. Ein Arzt musste gerufen werden. Man trug sie hinauf ins Schlafzimmer. Der Arzt verschrieb ein Mittel und verordnete Ruhe. Unten ging die Unterhaltung weiter. „Dan, ich traue mich nicht Ihnen die Wahrheit zu sagen, es ist zu furchtbar.", meinte die Kommissarin. „Ich muss Ihnen sagen, dass Ihre Eltern und die beiden Kinder aufs schrecklichste ermordet wurden."
Auch Dan brauchte einen Arzt, der immer noch anwesend war. Eine sofortige Beruhigungsspritze wurde ihm gesetzt und er sah mit glasigen Augen die Kommissarin an. Er stotterte hektisch: „Wer war es? Ich will meine Kinder sehen." „Wenn die Spurensicherung den Tatort inspiziert hat und wir nach der Obduktion genauere Informationen bekommen haben, muss ich Sie und Ihre Frau sowieso bitten eine Identifizierung der Leichen vorzunehmen." In Begleitung eines Arztes kamen die Eltern der Kinder einige Tage später. Dan und Clarissa bestätigten, dass es ihre Kinder und Dans Eltern waren. Beide riefen laut: „Warum Gott, warum hat man uns das angetan? Sie waren doch noch so klein und unser Leben." Die Kommissarin konnte nichts tun in diesem Augenblick und das Paar ließ sich auch durch nichts beruhigen.
Der Tatort wurde ausgiebig untersucht, bis einer der Beamten einen Hinweis fand. Das Messer und einen beschmierten Overall hatten die

Mörder dummerweise in der Nähe zurückgelassen. Anhand des eingenähten Wäschezeichens konnte Janette Oldfield später herausfinden, wo der Anzug gekauft wurde und wann. Das war aber auch schon alles. Es waren Täter, die Drogen konsumierten. Das ergab die Analyse des Overalls. Gierig nach Beute, mordeten sie ohne jegliche Emotionen und schleppten aus dem Haus, was sie auf die Schnelle erbeuten konnten. Die Spur dieser Verbrecher konnte nicht verfolgt werden, da sie spurlos untergetaucht waren. „Hoffentlich haben wir noch eine Chance, damit solch eine abscheuliche Tat nie wieder passiert.", sagte die Kommissarin.

Dan und Clarissa Baker konnten den Tod der Kinder nicht überwinden. Sie werden bis heute in einer Psychiatrie medizinisch versorgt.

Das hat er nun davon

In Wien hatten wir ein riesiges Unternehmen. Unsere Firma stellte Wurstwaren für ganz Österreich und darüber hinaus her. Uns ging es gut, besser gesagt, wir waren reich. Die Millionen häuften sich auf dem Konto und damit auch die Affären meines Mannes Gerd. Fremdgehen war für ihn zur Normalität geworden. Nicht nur das, nein er tat es offensichtlich, sodass ich sofort merken und sehen konnte, was Sache war. Einmal war es ein Mädchen aus dem Versand, dann wieder eine Büroangestellte oder die Kellnerin aus dem Pup an der Ecke. Kurz gesagt, dieser alte Sack war sexbesessen. Was bildete er sich denn ein? Schön war er nicht gerade und über die anderen Dinge, na ja, da möchte ich lieber nichts sagen. Aber mit Geld ist ja bekanntlich alles käuflich. Nur gut, dass wir keine Kinder hatten. Verpflichtungen in der Kindererziehung konnte ich nicht übernehmen, denn ich arbeitete in der Firma kräftig mit, war überall präsent und eine kompetente Ansprechpartnerin für die Angestellten. Mit meinen 55 Jahren sah ich noch recht passabel aus. Ich nutzte aber nie die Gelegenheit, dies auszunutzen. Obwohl die Versuchung schon manchmal groß war, zumal ich oft allein in den Urlaub fuhr. Irgendwann hatte ich die Nase voll von dem Treiben meines Mannes. Der Kerl konnte es einfach nicht lassen seine Geilheit auszuleben. Da er regelmäßig ein Herzstärkungsmittel einnehmen musste und zusätzlich noch Viagra schluckte, überlegte ich mir einen teuflischen Plan. Was wollte er eigentlich? Wollte er die ganze Welt befruchten? Eines Morgens, bevor er zum Frühstück kam, löste ich die dreifache Menge seines Herzmittels in etwas Saft auf und gab noch Sekt dazu. Ich fragte ihn anschließend ob er mit mir auf den Firmenerfolg der letzten Monate anstoßen wolle. Er willigte gern ein, denn in seinem Hinterkopf geisterte schon wieder die nächste Verabredung herum. Aber egal, es kam ja doch nicht mehr darauf an. Viagra brauchte er bald nicht mehr, das wusste ich. Kurze Zeit später sackte er bewusstlos vom Stuhl, fiel auf den Boden und war mausetot.

Gott sei Dank hatte er mir nicht den neuen Perser versaut. Ich hatte ihn um die Ecke gebracht, wie man so schön sagt. Das hatte er nun davon, dieser Scheißkerl. Der Hausarzt stellte Herzstillstand fest und machte noch eine beiläufige Bemerkung: „Nahm er denn immer noch regelmäßig Viagra?" Er konnte sich das Schmunzeln nicht verkneifen, so schrecklich die Situation auch war. Ich übrigens auch nicht. Die Trauerfeier fand nur im engsten Kreis statt. Aber erst als er schon verbuddelt war. Einen teuren Sarg und einen Marmorgrabstein sparte ich mir. Ich machte lieber einen schönen Urlaub von dem Geld. Ich war wieder glücklich, die Firma lief auch ohne ihn bestens.

Leider bedachte ich nicht, zwei Einzelgruften zu kaufen, jetzt hatten wir blöderweise eine Doppelgruft. Selbst als ich krank wurde, verschwendete ich keinen Gedanken daran. Und dann kam die böse Überraschung. Bald würde es mit mir zu Ende gehen. In meinem Testament bedachte ich meine Schwester und wohltätige Vereine mit ins Erbe. Aber meine Beerdigung sollte etwas Besonderes werden. Alle waren da. Freunde, Geschäftspartner und noch ein paar andere Leute, die ich nicht kannte. Ein Meer voller Blumen, meine Lieblingsblumen, gab es und die Musik wurde gespielt, die ich vorher festgelegt hatte. Elvis sang, es war toll. Nun war es soweit. Sie ließen meinen schweren Eichensarg langsam hinunter. Eine schlimme Situation für mich. Nicht etwa, dass ich mich hier einquartieren musste, nein. Er lag neben mir, welch ein Ekel. Sein billiger Sperrholzsarg war schon auseinandergefallen, sein Körper von

Maden durchfressen. Ein Teil von ihm war noch relativ unversehrt. Noch nicht einmal die Maden hatten Interesse daran. Aber gut, ich war erst mal in Sicherheit in meiner Eichenbehausung, und er hatte es nicht besser verdient, dieser sexgierige Sack. Für Geld konnte er sich alles kaufen. Nun ist es gut so, wie es ist. Brrr, es ist ziemlich kalt hier unten, schade dass es noch keine beheizten Särge gibt! Hi, hi, hi...

Bald sind wir alle zusammen.

Wenn ich so darüber nachdenke, was er mir damals angetan hat, wird mir immer noch übel. Aber als Geist sollte man nicht über die Übelkeit der Lebenden nachdenken. Horst und ich hatten damals ein Knackwürstchen-Unternehmen. Der Name ist mir entfallen. Tja, so geht es wohl auch den Lebenden. Was nicht gut war im Leben, vergisst man einfach. Ich hatte diesen Fremdgänger kaltblütig abgemurkst, ohne mit den künstlichen Wimpern zu zucken, die ich an diesem Tag trug.

Es ist einige Jahre her, da hatte meine Schwester Karin das gleiche Problem. Vielleicht habe ich Unrecht, aber die Kerle sind doch alle irgendwie gleichgestrickt oder? Jedenfalls musste auch Karin es am eigenen Leib erfahren. Sie musste quasi zusehen, und es auch lange Zeit dulden, dass Hans-Juergen sie belog und betrog. Dieses Schwein!! Karin wollte sich rächen, jedoch auf eine andere Weise. Sie konnte auf die beste Gelegenheit warten, ohne nervös zu werden. Man konnte sagen, dass Hans-Jürgen ein absoluter Schönling war. Zu diesem Zeitpunkt war ich schon einige Jahre tot. Ich glaube in den Sechziger Jahren waren wir doch alle irgendwie schön. Na ja, lange Rede, kurzer Sinn. Hans-Jürgen liefen die Weiber nur so nach. Er nutzte sein Dasein als Sexlüstling scharmlos aus. Ich konnte zu diesem Zeitpunkt meiner Schwester nur über die Schulter schauen, denn ich war ja schon 5 Jahre tot. Trotzdem versuchte ich ihr etwas in ihre abstehenden Ohren zu flüstern. Ich glaube aber doch, dass sie etwas gehört oder gespürt hat. Meine Schwester und mein Schwager lebten in Wien. Eine Eigentumswohnung vom Feisten, gehörte ihnen. Zudem gehörte ihnen ein Hundesalon, auf den sie sich ganz besonders was einbildeten. Karin benahm sich mir gegenüber, als wenn sie den Hundesalon des Kaisers von China unter sich gehabt hätte. Einfach lächerlich das Ganze. Eigentlich konnte nur ich mir etwas einbilden. Unsere damalige Fleischwurst AG schmiss eine Menge Geld ab. Kein Wunder, dass sich mein Alter an jedem Finger 3 Weiber halten konnte. Heute rege ich mich nicht mehr auf. Ja, ja, nur ein bisschen.

Ich habe diesen Spinner ja voll unter Kontrolle, oder das, was noch von ihm übrig ist. Gerne fuhren die beiden in ihrem Cabrio spazieren. Direkt an der Donau fanden sie damals ein tolles Lokal. Dort fuhren sie an jedem Wochenende zum Essen. Komisch, aber mir viel immer häufiger auf, dass sie ihre eigene produzierte Wurst nicht anrührten. Sie werden ihre Gründe gehabt haben. Nur, ich wusste über alles Bescheid. Ich hatte einmal heimlich zugehört, als sich mein Schwager mit dem Lieferand unterhielt. Ich sah auch, dass er ihm Geld zusteckte. Ich wusste nur zu genau, dass Hans-Jürgen ein Leberwurstpanscher war. Dass er nie aufgefallen ist, habe ich überhaupt nicht verstanden.

Meine, ach so geliebte, Schwester hatte eine perfekte Gabe. Sie konnte besser kombinieren als jeder Kripobeamte. Dieser elende Misthaufen hatte sich am Vortag des Mordabends, durchgerungen, ihr ein paar Rosen zu schenken. Nach einem Tag schon ließen sie ihre Köpfe hängen. Nur ein paar Stunden später aber auch Hans-Jürgen. Einfallsreich war meine kleine Schwester schon als Kind. Sie fuhren zu diesem Lokal an der Donau. Ständig bemängelte er ihren Fahrstil, obwohl sie eine ausgesprochen gute Fahrerin war. Er wusste das auch, doch gerade deswegen sagte er sowas. Er wusste auch, dass seine Frau intelligenter war als er. Mein Schwager war zuckerkrank und war darauf angewiesen, dass Karin ihm stets sein Messgerät und den Pen hinterher trug. Sie machte sich dies alles zu Nutze und überlegte sich einen tödlichen Plan. Sie füllte in eine kleine Sprite Flasche eine reine Zuckerlösung ein. Ihm sagte sie, dass es klare Zitrone sei ohne Zucker. Das Etikett riss sie vorher ab.

Die Spannung stieg. Noch auf dem Parkplatz verlangte er nach etwas Trinkbarem. Sein Blutzucker war zu diesem Zeitpunkt schon sehr hoch. Doch gierig, wie er immer war, schüttete er ohne abzusetzen das Zeug in sich hinein. Noch bevor sie etwas zu Essen bestellten konnten, taumelte mein Schwager an den Tisch und setzte sich. Plötzlich schaute er Karin mit großen Augen an und sein Kopf fiel zur Seite. Er war tot.

Es wurde der Notarzt gerufen. Dieser stellte ein Zuckerkoma mit tödlichem Ausgang fest.

Karin beantragte eine Erdbestattung und konnte dies auch erreichen, denn nur so konnte man ihr nichts nachweisen. Das raffinierte Luder konnte endlich ihr Leben genießen. Jahre vergingen und nach und nach füllte sich unsere Familiengruft. Nun hab ich die ganze Familie an der Backe. Doch es gibt nichts schöneres, als ein Familienzusammenhalt. Meinen Alten habe ich in die äußerste Ecke geschoben oder besser gesagt, das was von ihm übrig geblieben ist. Ach ja, hier unten ist es nun immer noch geräumig, aber irgendwie wird es nicht richtig warm. Was will man verlangen. Die Luxusklasse liegt nebenan. Hi, hi, hi.

Flaschenpost

Die Brinkmanns machten regelmäßig an der See Urlaub. Doch was sie dieses Mal erlebten, war fast nicht zu glauben. An einem Nachmittag am Strand wurde plötzlich eine Flaschenpost angeschwemmt. Eine eigenartige Besorgnis erregenden Nachricht befand sich darin. Ein Hilferuf. Herbert und Britta konnten nicht ahnen, welcher Geschichte sie auf der Spur waren. Der Hilferuf einer jungen Frau, die um 1890 in einem Schloss gefangen gehalten wurde. Trotzdem schaffte sie es, dem

Diener des Hauses einen kleinen Brief mitzugeben. Er steckte diesen Brief in eine Flasche und warf sie in den Fluss. Bis heute war sie unterwegs. Ein achtzehn Jahre altes Mädchen wurde von ihrem eifersüchtigen Vater, einem Graf, der sehr reich und beliebt war, eingesperrt. Er dachte nicht darüber nach, dass er seine Tochter vernichtete.

Von dieser Geschichte wussten die Brinkmanns zu diesem Zeitpunkt noch nichts. Sie wunderten sich nur und wollten der Geschichte auf den Grund gehen. Ein altes Blatt Büttenpapier, eigentlich nicht mehr so häufig in Gebrauch heute, war in dieser Flasche. Der Brief muss schon sehr alt sein, dachte Herbert. Das Mädchen schrieb mit zittriger Handschrift auf das Papier: „Bitte holt mich hier raus, ich bin zu jung und will noch nicht sterben. Mein Vater hält mich in diesem Schloss gefangen." Sie schrieb, dass sich dieses Schloss in Schottland befinden würde. Sie betonte immer wieder, dass sie nicht sterben wollte und Angst hätte. Weiter schrieb sie: „Mein Vater ist böse und lässt mich verhungern, nur weil ich mich mit dem Diener unterhalten habe."

Dann brach dieser Brief abrupt ab, als wenn sie keine Kraft mehr gehabt hätte. „Was sollen wir nur tun?", fragte Britta. „Ich würde den Vorschlag machen", sagte Herbert, „alle Schlösser in Schottland und alle großen Anwesen ausfindig zu machen. Wenn wir dies erledigt haben müssen wir irgendwie in die schottischen Archive gelangen. Auch, wenn es uns eigentlich nichts angeht, so bin ich doch froh, wenn ich erfahren kann, was aus diesem Mädchen geworden ist. Und nun, lass uns noch unseren Resturlaub genießen. Wenn ich zu Hause bin, werde ich mich sofort an die Arbeit machen Britta."

Zwei Wochen später waren sie wieder zu Hause in Österreich und fingen sofort an, die Flasche zu untersuchen. Es war eine mittelgroße Medikamentenflasche, wie sie damals für flüssige Arzneimittel benutzt wurde. Es wurden in den Apotheken in kleinsten Mengen die flüssigen Medikamente abgegeben. Das Jahr, in dem dieses Drama geschah, konnte Herbert somit ermitteln. Nun wurde es Zeit, die Schlösser ausfindig zu machen. Zu jedem Schloss gab es eine Geschichte. Nur, um alles herauszufinden, mussten bestimmte Archive angeschrieben werden.
Nach ein paar Tagen stellte sich heraus, dass ein Graf Winston Mac Neel mit seiner Tochter und seinem Diener allein gelebt hatte. Er war streng und grausam zu seiner Tochter. Sie durfte nichts, konnte sich mit keinem unterhalten und bekam dazu auch noch viel zu wenig Nahrung. Das nur, weil sie sich einmal mit dem Diener unterhalten hatte. Das arme Mädchen starb dann elendig und allein in ihrem Zimmer. Zudem war sie noch eingeschlossen und verhungerte. Britta sagte: „Mein Gott, das ist eine traurige und grausame Geschichte. Schlimmer geht's wohl nicht."
„Nun wissen wir wenigstens, was geschah und wo diese Flaschenpost herkam. Ich werde für die hiesige Zeitung einen Bericht darüber schreiben", meinte Herbert, „so, und nun lass uns wieder an andere

Dinge denken, denn das Leben geht ja weiter. Viele unglaubliche und grausame Dinge geschehen ständig."

Sie fuhren irgendwann wieder nach Schottland.

Herbert und Britta Brinkmann konnten keine Ruhe finden. Sie fuhren bequem mit dem Zug zuerst einmal nach Aberdeen Castle. Sie ist eine spätmittelalterliche Festung. 1308 wurde sie von den Engländern gehalten. Der schottische König Robert der erste regierte hier. Nach ihm kam lange nichts, bis ein Graf das Ruder übernahm. Er regierte von 1622-1650 auf der Burg. Leider ist der Name nicht bekannt. Aber Herbert und Britta recherchierten und fanden heraus, dass er der brutale Mörder seiner noch kindlichen Tochter war. Die Schönheit dieser Festung hatte beide überwältigt. Als Journalist arbeitete Herbert Brinkmann immer noch, obwohl er schon in Rente gegangen war. Sein Beruf war so mit ihm verwachsen, dass er auch im Schlaf laut träumte. An der Burg angekommen, liefen beide langsam und andächtig die Zugbrücke entlang und umrundeten den Burggraben. Sie versuchten auf diese Weise ein Gefühl für die damalige Zeit zu bekommen. Nervosität und gleichzeitig Angst überfiel die beiden Eheleute. Was musste sich hier für ein Drama abgespielt haben. Wenig später wurde die Burg zur Besichtigung freigegeben. Der Rundgang konnte beginnen.

Als sie eintraten schlug ihnen ein leichter, modriger Geruch entgegen. Er erinnerte an altes Gemäuer, Verließe und die Kleidung von damals. Überall waren Ritterrüstungen aufgestellt. Man konnte wirklich spüren, auf welche grausame Art und Weise dieses Mädchen ums Leben kam. „Aus den gesammelten Informationen werde ich einen vorzüglichen Bericht schreiben.", sagte Herbert. Sie fuhren wieder zurück nach Österreich und redeten noch lange über die Erlebnisse in Schottland.

Am Rande der Verzweiflung

Lange Zeit, über Jahre hinweg, lief die große Firma von Hartmut Schulte sehr gut. Wurst und Fleischwaren bester Qualität wurden produziert und vertrieben. Die Abnehmer waren Großunternehmen, sowie kleinere Firmen. Landesweit hatte Schulte einen Namen und seine Produkte waren einzigartig gut. Finanziell waren er und seine Frau gut abgesichert. Josefa Schulte half oft in der Firma mit. Abrechnungen und Buchführung waren ihre Stärke. Margot Braun, eine Nachbarin, freundete sich mit Josefa an. Sie bewohnten eine moderne Reihenhaussiedlung im teuersten Stadtteil von München. Außerdem hatten sie ein kostspieliges Hobby. Eine Jacht, von erheblicher Größe, konnten sie zu ihrem Eigentum zählen. Hartmut liebte Josefa sehr. Aber da war noch seine an Alzheimer erkrankte Mutter. Die Krankheit zog sich schon über viele Monate hin und wurde immer unerträglicher. Nach ihrer Arbeit in der Firma kümmerte sich Josefa noch um Hartmuts Mutter. Nebenher jedoch musste die Firma laufen. Sämtliche Gedanken kreisten aber nur um die kranke Frau. Eines Morgens schellte es an der Tür. Ein Einschreiben vom Gericht. Hartmut und Josefa wurden angezeigt, aufbereitetes, altes Fleisch in den Handel gebracht zu haben.

„Mein Gott", sagte Hartmut, „wer behauptet denn so etwas? Ich kann nicht mehr." Noch ein paar Tage dann kommen Kontrolleure, die alles unter die Lupe nehmen. Josefa, war entsetzt: „Wir haben immer nur das Beste an Fleisch verkauft und uns noch nie etwas zu Schulden kommen lassen."… „Nein, nie", antwortete Hartmut, „Was machen wir denn jetzt?" „Nichts, Josefa, wir können nur abwarten, wie das Ergebnis ausfällt. Dann wird sich alles klären, denn es ist ja nichts zu finden." Am nächsten Tag meldete sich Margot Braun, die Nachbarin. „Josefa, hast Du schon den Münchner Anzeiger gelesen? In Großbuchstaben auf der ersten Seite wird über Euren Betrieb geschrieben. Aber ich würde Dir raten, Dir nichts durchzulesen. Es ist schlimm genug, was sie für Lügen über Euch verbreiten." „ Schultes Wurst und Fleischwaren sind in der ganzen Welt bekannt. Vor allem die Güte und Qualität. Wenn sich nicht schnellstens alles aufklärt, werden wir ruiniert sein.", sagte Hartmut, „aber wer will uns ruinieren und warum?" Margot verabschiedete sich mit einem Grinsen im Gesicht. „Ich muss wieder los", meinte sie, „macht Euch mal keine Gedanken. Es wird schon wieder." Die Erkrankung der Mutter nahm wieder neue Formen an. Josefa konnte nun nicht mehr in die Firma, sondern musste sich um die kranke Frau kümmern. Dieses ständige Aufpassen, Beobachten und Wiederholen nervte ganz schön. Aber ob sie wollte oder nicht, sie musste da durch.

Hartmut und sie mussten sich wohl damit abfinden, dass sich nichts bessern würde. Derweil kümmerte sich Hartmut um die Kontrolleure, die doch tatsächlich schlechtes Fleisch gefunden hatten. Auch nicht etikettierte Ware fanden sie vor. „Herr Schulte, wir werden heute die Firma schließen müssen.", sagte der Beamte von der Lebensmittelkontrolle. „Aber das gibt es doch nicht. Ich beziehe mein Fleisch schon seit Jahren von Bauern aus der Region. Habe mir mit meinem guten Ruf einen guten Namen aufgebaut. Nun bin ich ruiniert. Tut uns leid, aber wenn wir immer nur den Beteuerungen der Leute glauben würden, dann sehe es sehr schlecht aus für den Verbraucher. Am anderen Tag beim Frühstück weinten Josefa und Hartmut. Das hatten sie nicht verdient. Mit all ihrer kraft und mit viel Liebe hatten sie die Firma aufgebaut und nun soll alles umsonst gewesen sein? Wer hatte ihnen nur dieses Leid zugefügt und warum? Sie fanden keine Antwort auf ihre Fragen. In der Post fanden sich zahlreiche Briefe von zufriedenen Kunden, die ihnen Mut zusprachen und den beiden Unterstützung anboten. Im Falle einer Gerichtsverhandlung würden alle für die Firma Schulte aussagen. „Wie schön", sagte Hartmut, „dass man uns nicht alleine lässt." Margot Braun stand wieder einmal vor der Tür. „Hallo, Margot!" „Bitte, können wir ein anderes Mal miteinander sprechen? Du siehst doch, dass wir andere Probleme haben."

„Ja klar, sehe ich ein. Ich melde mich später wieder." Josefa ging am darauffolgenden Tag mit Hartmuts Mutter spazieren. Mittlerweile musste sie mit dem Rollstuhl gefahren werden. Sie traf ein paar neugierige Nachbarn, mit denen sich Margot Braun kurz zuvor unterhalten hatte. Alle schauten sie nur von der Seite an und machten einen großen Bogen um sie. So weit ist es nun gekommen, dachte Josefa und musste weinen. Plötzlich rannte Herr Lehnhoff von der anderen Seite herüber, kam zu ihr und sagte: „Frau Schulte, ich will ja niemanden verdächtigen, aber ich beobachtete neulich, wie ihre Nachbarin mit noch ein paar Leuten durch den Lieferanteneingang ihres Betriebes ging. Sie trugen alle weiße Kittel und weiße Hauben, so dass man sie nicht erkennen konnte. Man hätte denken können, sie gehörten zur Firma. Nur, ich habe diese Frau erkannt.", sagte Lehnhoff. „Passen Sie bitte gut auf, Frau Schulte, denn sie ist auf all diejenigen aus der Umgebung neidisch, denen es finanziell besser geht. Denn soviel ich weiß, steht das Haus von dieser Familie zur Versteigerung an und muss in Kürze geräumt werden." Josefa viel es wie Schuppen von den Augen. „Ja sicher", sagte sie, „jetzt, wenn ich darüber nachdenke, fallen mir einige Dinge ein, die darauf hinweisen, dass Sie Recht haben. Ihre abgetragenen Sachen sind mir schon längst aufgefallen. Von den ungepflegten Haaren ganz zu schweigen. Aber auch, dass sie mich schon des Öfteren gefragt hat, ob ich ihr mit etwas Geld aushelfen kann." Franz Lehnhoff sagte: „Wenn ich Ihnen einen guten Rat geben darf, gehen Sie so schnell wie möglich zur Polizei. Und zeigen Sie diese Frau an. Ich werde auf jeden Fall als Zeuge aussagen." „Ich danke Ihnen, Herr Lehnhoff, das werde ich umgehend tun." Am Abend erzählte Josefa ihrem Mann davon. Erst ungläubig, aber dann sofort auf dem Sprung sagte er: „Wir werden sie anzeigen, und können nur hoffen, dass die ganze Angelegenheit sich zum Guten wendet. Hoffentlich hatte Lehnhoff Recht." In der Hoffnung, aus dieser schmierigen Sache wieder herauszukommen und ihren guten Ruf retten zu können, zeigten sie Frau Braun an.

Bei der Gerichtsverhandlung verstrickte sich Margot Braun in dumme Ausreden, kam damit aber nicht durch, da sich noch ein paar andere Zeugen gemeldet hatten, die ebenfalls alles beobachtet hatten. Hartmut und Josefa Schulte konnten bei ihren Freunden und bei allen Firmen, die sie belieferten, die ganze Sache aufklären. So schnell konnten sie es aber nicht vergessen, denn es trieb sie fast an den Rand der Verzweiflung. Schnell konnten sie den Ruf der Firma wieder herstellen und mit vereinten Kräften schaffte sie es auch. Die Mutter gaben sie später in ein Heim, dort wurde sie dann intensiver betreut. Beide erreichten, dass die Firma besser florierte als jemals zuvor.

Jahre später:

Nachdem die Firma Schulte Fleisch- und Wurstwaren sich wieder von dem Skandal erholt hatte, holte sie das nächste Schicksal ein.

Es wuchs irgendwann Gras darüber und gehörte der Vergangenheit an. Niemand sprach mehr über diese Vorfälle. Warum auch. Durch ein Gütesiegel, welches regelmäßig erneuert wurde, belegte die Firma Schulte immer wieder aufs Neue, dass ihre Fleisch- und Wurstwaren von höchster Qualität waren. Doch irgendwann brach dieses geordnete Leben auseinander. Josefa Schulte ging regelmäßig joggen, denn sie wollte ihre ausgesprochen gute Figur solange wie möglich behalten. Sie kam nicht wieder zurück. Eine Spaziergängerin fand sie im nahegelegenen Freizeit-Park. Man hatte sie kaltblütig ermordet. Der Mörder hatte sie sexuell missbraucht und zu allem Überfluss mit einem alten Leinensack erdrosselt. Axel Huber, der zuständige Polizeibeamte konnte einfach nichts mehr begreifen, denn was er in der letzten Zeit erlebt hatte, widersprach seiner Vorstellungskraft. „Wird denn nur noch geraubt und gemordet.", dachte er. Als Oberhaupt der Mordkommission, welches er seit fast 20 Jahren war, hatte er schon einiges gesehen. „München ist eine gefährliche Stadt geworden, über Details sollte man gar nicht erst nachdenken.", sagte Huber zu seinem Kollegen Heinrich Hellerbach. Der antwortete ihm, noch nicht ganz bei der Sache, an diesem frühen Morgen: „Lass' uns loslegen, Heiner, schmeiß' mal ein paar Fakten auf den Tisch." „Nun gut, die ermordete war die Frau von Schulte Fleischwaren, Du erinnerst Dich doch noch an den Fall, oder?", fragte Axel Huber ihn. „Ja, genau, da war doch mal was mit verkorkstem Fleisch, oder?", sagte er. „Ja genau, aber mittlerweile ist Gras darüber gewachsen und außerdem hatte die Firma Schulte nichts verbrochen, die wurden einfach zu Unrecht angeschissen.", meinte Axel. Die beiden Kommissare hängten sich wie immer, tief in den Fall hinein. Sie wollten einfach schnell alles abarbeiten. Die nächsten Fälle warteten schon.

Nun aber zu Josefa Schulte. Sie joggte wie jeden Morgen, um ihren Alterserscheinungen entgegenzuwirken. „War jemand dort, der etwas beobachtet hat und wie ist sie ermordet worden?", fragte Heinrich Hellerbach. Huber legte die Untersuchungsergebnisse auf den Tisch. Er kramte nervös in den Papieren herum und sagte: „Nach jetzigem Stand waren keine Zeugen dabei. Nur wie sie umgebracht wurde ist klar." Die Männer durchleuchten mit ihrer Berufserfahrung den ganzen Tag diesen Fall." Es ist doch etwas am Tatort gefunden worden.", rief Axel seinem Kollegen zu. Sie fanden eine Herrenhalskette, abgerissen. Darauf stand, *In Liebe, für meine Josefa.* Die Kommissare kombinierten. „Was denkst Du, Axel?". Fragte Heinrich ihn. Der antwortete prompt: „Heinrich, das ist doch klar wie Kloßbrühe." Weiter sagte Axel nur drei Worte: „Mord aus Eifersucht." Herr Schulte konnte es nicht sein, denn er war auf einer Geschäftsreise. Also kam der Geliebte der Ehefrau nur in Frage. Laut informativen Auskünften konnten die Kripobeamten feststellen, wo sich ein gewisser Sven Drehs aufhielt. Sie fuhren nach Düsseldorf ins Stadttheater. Dort spielte Drehs schon seit Jahren den Mephisto. Auch an diesem Abend. Nichts ahnend ging Sven auf die Bühne. Das Publikum klatschte ununterbrochen, noch bevor das Stück gespielt wurde. Er war sehr beliebt, dieser junge, gut aussehende Mann. Die Beamten setzten sich in die untere Sitzreihe, sodass Drehs sie gut sehen konnte. Die Kommissare schauten sich in Ruhe das Stück an. Zwischendurch hielten sie fast unauffällig ihre Marken hoch, sodass Sven Drehs sie sehen konnte. Der junge Mann wurde nervös, spielte aber weiter, ohne dass man ihm etwas anmerken konnte. Doch Drehs wusste genau worum es ging. Einer der Beamten gab ihm kurz nach der Vorstellung ein Zeichen. Drehs wusste genau was nun kam. Die Verzweiflung nahm Besitz von ihm. Noch bevor die Kommissare in seine Kabine kamen, rammte er sich ein spitzes Messer genau ins Herz. Er war sofort tot. Die Beamten rissen die Tür auf und fanden ihn blutüberströmt. Komischerweise ahnte er, dass man ihn irgendwann verhaften würde, denn er hatte einen Brief hinterlassen. In diesem Brief stand geschrieben:

Wenn dieser Brief gelesen wird, bin ich schon tot. Josefa war erheblich älter als ich. Aber ich habe es nicht registriert. Ich wollte sie unbedingt heiraten. Sie wollte sich nicht von ihrem Mann trennen und lehnte ab. Immer mehr zog sie sich zurück. Wahrscheinlich wollte sie mich auch vor einer Dummheit schützen. Ich spionierte ihr nach, denn ich wusste wo sie zum Joggen hinging. Der Mord an sich, ging sehr schnell über die Bühne. Warum ich sie umbrachte wusste ich nicht so genau. In dem Moment sah ich einfach rot. Ich ahnte, dass der Mord irgendwann auffliegen würde und schrieb diesen Brief. Aber die Schande einer Verhaftung wollte ich mir nicht antun. Sven Drehs.

Die Weltpolitik macht Ernst

Im Jahr 2040 einigten sich nun endlich alle Staaten darauf, dass das Weltklima unbedingt gerettet werden muss. ...
Zwar verbesserte sich ab 2020 das Weltklima, jedoch brachen alle Bemühungen im Jahr 2028 zusammen. ...

2040, direkt am 1. Januar, wurde nun das auf der letzten Weltklimakonferenz festgelegte Protokoll „GLOBAL FINAL FUEL END – Part 8" umgesetzt. Insgesamt wurden 16 verschiedene Teile verbindlich vereinbart. Kein Staat weigerte sich, das Protokoll zu unterschreiben. Denn nun wurde es Ernst, nachdem der Meeresspiegel um einige Meter gestiegen ist, gibt es einige Städte rund um den Globus nicht mehr. Übrigens gibt es das SÜLTZ BÜCHER Büro in Tinnum auf Sylt schon lange nicht mehr, es liegt alles Unterwasser, von List bis Hörnum, die gesamte Insel ist Geschichte.

Eine erste „Weltklimakonferenz" unter dem Dach der UN, die **First World Climate Conference (WCC-1)**, fand 1979 in Genf statt und wurde von der Weltorganisation für Meteorologie (WMO) organisiert. Hier berieten Experten von Organisationen der Vereinten Nationen (UN) über die Möglichkeiten der Eindämmung der durch den Menschen verursachten schädlichen Klimaveränderungen. Schwerpunkt und wichtiges Ergebnis war die hier ausgesprochene Warnung, dass die weitere Konzentration auf fossile Brennstoffe im Zusammenhang mit der fortschreitenden Vernichtung von Waldbeständen auf der Erde „zu einem massiven Anstieg der atmosphärischen Kohlendioxidkonzentration führen" wird.

In den 16 verschiedenen Teilen wird alles behandelt, was schädlich für unser Klima ist. Dieser achte Teil behandelt alle Arten von Antrieben mit fossilen Brennstoffen. Ob Motorsägen, Laubbläser, Rasenmäher, Züge, Schiffe, Autos bis zu Flugzeugen, alles ist im achten Teil festgelegt. Vor 30, 40 Jahren war noch kein Denken daran, freiwillig etwas aufzugeben, was da schon schädlich war. „Die anderen können ja anfangen, mein Rasenmäher läuft noch." So war eben das Denken der Menschen.

Bis dann endlich die Natur zuschlug. In Fahrzeugen mit alten Motoren nach dem Otto- oder Diesel-Verfahren mussten genau am ersten Januar Prüfgeräte eingebaut sein, die die Luftverschmutzung messen. Ob in der Schifffahrt oder bei den Flugzeugen, aber auch bei den noch vorhandenen Oldtimern auf der Straße, die Gesetze sind nun knallhart.

Alle Prüfgeräte arbeiten über Satelliten, messen den CO2-Ausstoß, geben Alarmberichte an die jeweiligen staatlichen Kontrollbehörden weiter und legen das Fahrzeug bei sehr grobem Verstoß sofort still. Schlimmer noch, bei der Stilllegung wird der jeweilige Motor vollständig zerstört. Die Umsetzung funktionierte gut. Nutznießer dieser Maßnahmen waren Abschleppunternehmen. Mit Oldtimern, die einen zu hohen Ausstoß hatten, konnte der Besitzer noch 30 Kilometer fahren, dann erlosch das Leben des AMG 12 Zylinders.

Die Abschleppunternehmen kamen der Arbeit gar nicht nach, alle am Straßenrand nun abgestellten Fahrzeuge abzuschleppen. Die Erde ist Geräuschloser geworden.

Aber auch 2040 ist Kriminalität immer noch ein großes Thema. Raubüberfälle, Diebstahl, Morde und Internetkriminalität sind an der Tagesordnung der Polizei.

Am 6. Juni 2040 stürzte ein großes Passagierflugzeug ins Meer. 386 Fluggäste verloren ihr Leben. Am 18. Juli stürzte ein Passagierflugzeug auf die Freiheitsstatue in New York. Drei weitere Maschinen stürzten zielgenau in Moskau, Tokio und in Berlin auf markante Gebäude ab.

„Es kann kein Zufall sein.", sagt Special Agent Mike Miller. „Zuerst stürzte nur eine Maschine ins Meer. Jetzt werden Ziele ausgewählt, wie es 2001 in New York gewesen ist. Nur vermute ich, jetzt geht der Terror wieder los, jetzt um die ganze Welt." Es dauerte nicht lange und das World Security Bureau WSB wurde gegründet. Jeder Staat bekam ein Büro mit direktem Kontakt zu allen anderen Büros. Computerspezialisten untersuchten die Black Boxen der Passagierflugzeuge. Sie wurden fündig. „Meine Damen und Herren, mein Name ist Bernd Wardenga, ich bin Ingenieur für Computerwesen. Unsere Resultate aus München möchte ich ihnen mitteilen. Ich möchte sie nicht mit unnötigen Daten nerven, wir kommen schnell zum Ziel. Jedoch etwas Grundkenntnis muss geklärt werden. Die Pro-Kopf-CO2-Emissionen werden in Computern in den Prüf- und Kontrollgeräten berechnet. Jedes Fahrzeug auf der Straße wird ausgewertet ob sich eine oder vier Personen im Innenraum befinden. Somit können vollbesetzte Wagen weiter und länger fahren. In 5 Jahren ist natürlich auch diese Berechnung hinfällig, denn dann werden alle Fahrzeuge verboten. Flugzeuge müssen heutzutage voll besetzt sein, die Software ist dafür verändert worden. Und hier liegt das Problem. Zwei Black Boxen zeigten ein verändertes Programm."

„Sozusagen ein Computervirus.", sagt Special Agent Mike Miller. „Genau. Aber wie kommt der ins System? Was wird damit bezweckt?"

„Tja, Erpressung von Lösegeld.", so Miller.

Fragen über Fragen. Antworten wurden konkret noch nicht gefunden. Alle wollen in Kontakt bleiben.

Flug **937 A 63** von New York nach Tokio: Auf den Bildschirmen der Crew und aller Fluggäste wurde folgendes in allen Sprachen eingeblendet: „Was glauben Sie, bedeutet folgender Breitengrad 35.6894875 und Längengrad 139.6917064? Richtig, es ist Tokio. Was glauben Sie, wohin Sie fliegen? Genau, nach Tokio. Und vor der Landung auf dem Flughafen stürzen Sie alle in ein gut besuchtes 11 stöckiges Kaufhaus. Schreien ist zwecklos. In drei Stunden ist Ihr Leben zu Ende." Auf allen Monitoren an den Sitzen blendete sich eine Countdown-Uhr ein. Die Passagiere waren geschockt und schrien auf.

Die Crew verständigte sofort das World Security Bureau. Mit aller Macht und Schnelligkeit wurden alle Informationsdienste im Internet und TV angewiesen, dass die Hacker ihre Forderungen stellen sollen. Um Menschenleben zu schützen, wird alles dafür umgesetzt.

Computerspezialist Wardenga arbeitete mit seinem Team unter Hochdruck an einer Lösung. Die Hacker lernten. Zuerst gab es ja den willkürlichen Absturz ins Meer. Dann die gezielten Abstürze in markante Gebäude. Und jetzt werden alle Fluggäste über ihren Tot informiert. „Das ist ja so abscheulich.", sagt Wardenga. Er kam einfach nicht in das Computerprogramm des Flugzeugs. „Wir schießen das Flugzeug ab, solange es noch über dem Ozean ist. Dann ist das Warten auf den Tot kürzer und die Passagiere wissen nicht wann es passiert.", schlug das World Security Bureau vor. „Das ist genauso abscheulich.", sagt Wardenga, nachdem er dies hörte. Das Prüf- und Kontrollgerät ließ sich nicht ausbauen, das ist so gewollt. In das Computerprogramm konnte Wardenga nicht eindringen, das kontrollieren die Hacker.

Wardenga berief per Internetchat wichtige Piloten ein. „Chesley Sullenbergers Notwasserung auf dem New Yorker Hudson River im Jahr 2009 wäre eine Möglichkeit. Sullenberger fielen bei seinem Airbus A320 bei 3000 Fuß beide Triebwerke aus. In der Regel wird das Flugzeug die Flughöhe nicht halten können und in einen langsamen Sinkflug übergehen.", sagte ein Experte von Boeing. So ohne weiteres lässt sich ein Flugzeug nicht abschalten, während des Flugs schon gar nicht.

Außerdem muss es steuerfähig bleiben. Unsere Passagierflugzeuge sind trotz ihres Gewichts in der Lage zu segeln. Es kann also noch 153 Kilometer weit gesegelt werden. Dieser Gleitflug würde gute 20 Minuten dauern.

Es bleiben noch eine Stunde und 20 Minuten, um Entscheidungen zu treffen. Mit der Flugzeugcrew wurde das weitere Vorgehen besprochen. Man schaltete das Flugzeugfunkgerät ab und kommunizierte nur noch über Handys. Süd-östlich von Tokio liegt der Hafen am Shiota River. Nun wurde berechnet ab wann das Passagierflugzeug in den Gleitflug übergehen kann. Japanische Schiffe begannen die Hilfsmaßnahmen zu koordinieren. Wardenga schlug vor, die Triebwerke gezielt mit den in den Militärflugzeugen verbauten Laserkanonen zu zerstören. Anders ließe sich der Schub bis Tokio nicht verhindern. Die Steuerung funktioniert ja, lediglich korrigiert die automatische Steuerung das Flugzeug wieder, da von den Hackern schließlich die Koordinaten in Tokio fest einprogrammiert wurden.

200 Kilometer vor der Küste Japans sollte es dann soweit sein. Die Marine ist bereit. Sechs Bomber flogen der Passagiermaschine entgegen. Bei genau 220 Kilometern vor der Küste war es soweit. Die Bomber flogen eine Schleife und zielten auf die Triebwerke der Passagiermaschine. 50 Kilometer vor der Küste war alles bereit. Die Bomber schossen genau bei 200 Kilometern vor der Küste. Alle vier Triebwerke wurden getroffen.

Die vier Bomber trafen mit den Laserkanonen perfekt. Die zwei weiteren Bomber hätten einen verfehlten Schuss oder Strahl ersetzen können. Laut Berechnungen beginnen nun die 20 Minuten Gleitflug, das wären 153 Kilometer. Ein Faktor ist natürlich unberechenbar, das ist das Gegensteuern des Computers.

Langsam ging es in Richtung Wasseroberfläche des Ozeans. Immer wieder kämpften die Piloten gegen das Korrigieren des von den Hackern einprogrammierten Kurses auf Tokio. Die Wasseroberfläche kam immer näher. Im letzten Augenblick riss der Kapitän die Nase des Passagierflugzeugs nach oben, noch bevor der Computer korrigieren konnte.

Die Marine war auf Kurs. Das Flugzeug kam mit dem Wasser in Kontakt. Der Aufsetzwinkel war perfekt. Eilig steuerte die Marine das Flugzeug an. In 20 Minuten würde das Flugzeug sinken, aber tatsächlich schaffte es die Marine alle Passagiere und die Crew zu retten.

„Wir haben gesiegt, aber es ist erst der Anfang einer neuen Dimension an Kriminalität. Wir konzentrieren uns nun darauf, die Hacker und Kriminellen zu fassen. Wir müssen im Laufe der Zeit schneller werden, so wie immer, so, wie in jedem Jahrhundert.", sagt Special Agent Mike Miller.

Die Straßen von Dresden - Diamantenraub

Es war kein Blitzüberfall in Dresden. Nicht einmal eben mit der Knarre rein, Geld raus und abhauen. So einfach war Dresden von Ganoven nicht zu erobern. Außerdem kannte Kommissar Burkhardt, eigentlich Erster Polizeihauptkommissar, aber Kommissar reicht ihm, sonst vergeht zu viel kostbare Lebenszeit (Zitat Wolfgang E. Burkhardt), alle. Dresden ist seine Stadt. Also so ging es nicht. Die 5 Männer haben sich wirklich gut vorbereitet. Sie wussten auch, was Burkhardt für ein harter Hund war. Also musste es eine perfekte Vorbereitung sein. Im Sommer kamen also 5 Männer getrennt nach Dresden. Mit Bahn und Auto, getarnt als Touristen, die sich für diese tolle Stadt mit rund 555.000 Einwohnern, sie ist die zweitgrößte sächsische Kommune und die zwölftgrößte Stadt Deutschlands, interessieren. Der Eine mit Koffer, der andere mit Rucksack, sogar mit einem alten Kinderwagen kamen sie. Am Carolasee, nicht weit vom Zoo, bereiteten sie ihren Coup gründlich vor.

Zunächst kundschafteten sie alle Juweliere in Dresden aus. Wie waren die Türen gesichert, wie viele Angestellte gab es, wie waren die Geschäftszeiten, und so weiter. Fündig wurden sie bei Theo Müller in Strehlen. Juwelier Müller war auch Goldschmiedemeister. Er fertigte viele schöne Schmuckstücke aus Gold für seine Kundschaft ganz individuell an. Da kam es nicht auf einen Tausender an. Hauptsache von Müller sollte es sein. Theo Müller hatte immer eine gute Reserve

Feingold auf Lager. Außerdem wurden die Männer noch in Friedrichstadt fündig. Sie studierten auch dort die Alarmanlage und die Schlösser.

Als nächstes mieteten die 5 Männer ein Ladenlokal in Dresden, sowie einen schnellen, eleganten BMW M5 in schwarz. Viel Werbung wurde betrieben, um auf das neue Geschäft aufmerksam zu machen. In großen Buchstaben stand der Name über dem Geschäft:

AUKTIONSHAUS & ANTIQUITÄTEN BERND HASEN

Nun organisierten sie zur Neueröffnung in 3 Wochen eine Verlosung. Lose wurden gedruckt, Plakate aufgehängt und sie selbst verteilten die Lose bei den Geschäftsleuten. Natürlich könnte man sie jetzt erkennen. Aber der Name Bernd Hasen kommt nicht von ungefähr. Die Männer traten natürlich im Hasen-Kostüm auf.

Wie konnte man es sich anders denken, die großen Hauptgewinne viele auf beide Juwelier-Geschäfte. Die Hauptgewinne waren ein Urlaub in den Bergen vom 22.12. bis zum 2.1.2020. Die Geschäftsleute waren überglücklich ... endlich einmal Urlaub über die Feiertage.

Verkleidet als Sicherheitstechniker besuchten sie die Juweliere, um die Alarmanlagen zu kontrollieren. Außerdem boten sie den Geschäftsleuten an, für nur 25 Euro eine tägliche Kontrolle durchzuführen. Das ist natürlich ein Schnäppchen, sowie eine totsichere Absicherung.

Der Tag der Abreise kam. Mit einem Magnet simulierten die Ganoven nun einen Fehlalarm an den Geschäftstüren. Die Alarmanlage konnte daher nicht eingeschaltet werden. „Was soll ich jetzt nur machen? In 2 Stunden geht der Flug.", fragte Theo Müller aufgeregt am Telefon. „Machen sie sich keine Sorgen, Herr Müller. Unsere Wachleute und der Techniker sind in etwa 3 Stunden bei ihnen. Wenn sie am Urlaubsort angekommen sind, werden sie von der Rezeption informiert, dass alles in Ordnung ist."

Alles nahm seinen Lauf. Mühelos waren die 5 Ganoven im Geschäft. Aus allen Schmuckstücken wurden nun die Brillanten herausgehebelt. Sie wurden in Muschelschalen gelegt und mit Wachs übergossen. Die Muscheln besorgten sie sich von den vielen Händlern und Restaurants rund um die Elbe. Das Gold schmolzen die Ganoven und gossen es in Metallreservekanister. Jetzt ging es zum nächsten Geschäft. Hier folgten die gleichen trainierten Handgriffe. Brillanten raus … Muschelschalen mit Brillanten und Wachs füllen … Gold schmelzen … Benzin-Kanister ins Auto bringen und nix wie weg. Gold ist schwer und mit den Ganoven im BMW hing der Wagen tief auf den Straßen von Dresden.

Irgendwie hatte Theo Müller doch ein ungutes Gefühl. Gerade deswegen, weil er seine Konkurrenz aus Friedrichstadt am Flughafen traf. „Meine Alarmanlage ist ausgefallen.", sagte er. „Meine auch.", sagte sie. Vom Flughafen aus rief Theo Müller sogleich in Dresden an: „Morsch'n, hier Müller, Theo Müller. Bitte Herrn Kommissar Burkhardt bitte. …

D´schuldschung Herr Kommissar, bitte gugg´n se mal nach meinem Ladenlokal in Dräsd´n Strehlen und das von Gerda Finke in Friedrichstadt. Wir glohm, dass da jemand was mobbs´n will."

Sofort machte sich Kommissar Burghardt mit seinen Kollegen auf den Weg. Natürlich stellten sie sofort den Einbruch fest. „Hier liegen jede Menge Muschelschalen herum, Chef. Was sollte das werden? Eine Party, wo sind die Sektflaschen. Und hier klebt Wachs am Tisch und auf dem Boden. Das ist noch nicht einmal richtig hart, als wenn erst gerade Wachs erwärmt worden wäre. Konnte hier vor der Abreise keiner putzen?", fragte Polizeibeamter Dirk Nolte. Kriminalobermeister Hamelau schaute Kommissar Burkhardt an und sagte: „Mensch Wolfgang, die haben die Brillis in die Muscheln eingewachst. Und die sind noch nicht weit weg." Kommissar Burkhardt: „Ja, das stimmt, aber das ganze Gold, sie brauchen einen Transporter." Burkhardt hatte so eine Vermutung. Er ließ auf den Straßen von Dresden verstärkt nach tiefergelegten Fahrzeugen Ausschau halten, gerade auf den Autobahnen in Richtung Polen und Holland. „Was vermutest Du?", fragte Hamelau. „Entweder wollen sie diese heiße Ware schnell über die Grenze nach Polen bringen oder nach Holland. In Holland sind Diamanten gut zu veräußern. Komm´ steige ein, wir fahren mal ein Stück Autobahn in Richtung Kassel."

Mit Burkhards schnellen Dienstwagen, einem AMG 12 Zylinder, fuhren sie los. Plötzlich meldet sich die Zentrale: „Zentrale an Burkhardt" „Hier Burkhardt" „In Richtung Chemnitz sind drei Fahrzeuge aufgefallen, die sehr tief liegen. Bei einem schwarzen BMW schlägt der Wagen sogar Funken." „Wir übernehmen. Das ist er."

Burkhardts AMG ist nicht gedrosselt. Somit rast er mit fast 300 Stundenkilometern auf der Autobahn in Richtung Chemnitz. Kurz vor Gera sahen die Beamten den ersten tief liegenden Wagen, einen Opel Kombi. Hamelau sagte: „Den lassen wir, da waren Kinder im Wagen." Dann sahen sie ihn, den schwarzen BMW. Burkhardt fährt mit Blaulicht. Das sahen die Fahrer des BMW M5 und beschleunigten. Eine wilde Verfolgungsjagd begann. Der M5 hatte gegen den ungedrosselten AMG keine Chance. Burkhardt setzte sich vor dem M5 und bremste ihn gekonnt aus. Mit gezogenen Pistolen zielten sie auf den M5. Über den Seitenstreifen wollten die Ganoven fliehen. Beide Beamten schossen auf die Reifen und den Motorraum. Nach 20 Metern kam der M5 endlich zum Stehen. Die Ganoven konnten verhaftet werden und das Diebesgut wurde sichergestellt. „Rufe mal einen Tresorwagen mit starken Männern. Ich möchte den BMW nicht ausladen.", sagte Burkhardt. „Hast Recht, Wolfgang. Ich kenne in Chemnitz eine leckere Frittenschmiede, ich lade Dich ein.", antwortete Hamelau.

Der Opfergang

Die Inspektoren Bob Nelson und Nick Brando hatten im Stadtteil Manhattan ein kleines Büro. Dieses Büro suchten nur ganz bestimmte Leute mit besonderen Problemen auf. An der Tür stand **POLICE** und darunter in kleiner Schrift **GHOSTBUSTERS** (GEISTERJÄGER). Die kleine Schrift wurde aus dem Grund genutzt, dass es nicht jeder auf Anhieb lesen sollte, denn sie schämten sich für ihre fast unglaubhafte Arbeit. Aber in den letzten Jahren waren zu viele mysteriöse Dinge geschehen, die auch einen erfahrenen Geisterjäger schockierten. Immer wieder wurden sie gerufen. Nur Bob Nelson und Nick Brando hatten sich jedes Mal bereiterklärt zu helfen. Im Laufe der Zeit spezialisierten sie sich auf dem Gebiet der Geisterjagd. Nichts entging ihrer Aufmerksamkeit. Aber fast immer gewannen sie den Kampf gegen das Böse. An diesem Oktobermorgen, es war noch dunkel und nebelig, klopfte es heftig an der Bürotür. Beide erschraken und richteten den Blick zur Tür. Sie wussten, dass wieder Arbeit auf sie wartete.

„Herein!", rief Nelson. Ein junges Paar betrat den Raum. Kreidebleich fingen sie fast gleichzeitig an zu reden: „Drüben am Waldrand haben wir uns ein Haus gekauft. Wir wollten dort wohnen bis wir alt werden. Außerdem ist meine Frau schwanger.", sagte der Mann. Das Haus wäre groß genug für eine Familie. „Am ersten Abend, nachdem wir eingezogen waren, spielte sich nichts Ungewöhnliches ab. Aber am nächsten Tag ging es los. Der Horror begann. Seit einigen Wochen ist dieses Haus unser

Zuhause, dachten wir jedenfalls. Ruhe fanden wir bisher nicht. Unsere ganzen Ersparnisse sind für den Kauf des Hauses draufgegangen. Wo sollten wir sonst hin?" „Sachte, immer sachte", sagte Bob Nelson in seiner lässigen Art. „Jetzt beruhigen Sie sich doch etwas und erzählen Sie uns in aller Ruhe, was geschehen ist." Anne Baker sprach: „Ich ging eines morgens in die Küche, wollte mir einen Kaffee machen. Mein Mann fuhr sehr früh ins Büro. Ich war allein im Haus. Ich weiß nicht, ob ich überhaupt was sagen soll. Sie werden mir bestimmt nicht glauben. Auch das, was mein Mann ihnen sagen will, klingt irgendwie unglaubhaft." Nick Brando antwortete: „Aber Miss Baker, dafür sind wir doch da, um gerade solche Fälle zu klären." Nun sprach sie weiter: „Es stand, wie aus dem Nichts, eine Frau im Nonnengewand vor mir. Sie glotzte mich mit weit aufgerissenen Augen an und krächzte hysterisch und bösartig: Wir wollen dein Kind, wir werden es uns holen, wenn es soweit ist. Dann war sie plötzlich wieder verschwunden. Am Abend erzählte ich es meinem Mann, doch so recht glaubte er mir nicht und schob es auf meine Schwangerschaft. Nein, nein antwortete ich ihm, mein Verstand hat mir keinen Streich gespielt. Ich habe sie wirklich gesehen. Roger nahm mich in den Arm und riet mir, darüber zu schlafen. Aller ein paar Tage tauchte von da an diese wahnsinnige Nonne auf. Nicht nur in der Küche überraschte sie mich, sondern überall dort, wo ich mich gerade aufhielt. Mittlerweile glaubt Roger mir."

„Das klingt alles sehr unglaubwürdig, ist aber nichts Neues für uns.

Solche Fälle hatten wir hier in den letzten Wochen mehr als genug",
meinte Nick Brando.

„Nun ja", fuhr Roger fort, „ich ging in den Keller. Da ständig die
Sicherungen herausflogen, wollte ich nachsehen, was da los ist. Da
standen sie im Kreis. Sechs Nonnen. Es war ein Zeichen auf dem Boden
gemalt, aber ich konnte es nicht erkennen. Es war zu dunkel. Monotone
Sprechchöre waren zu hören, so etwas wie eine Beschwörung. Schwarze
Kerzen leuchteten an den Wänden des Kellergewölbes. Auf einmal ging
eine der Nonnen weg. Sie verschwand einfach durch das dicke
Mauerwerk. Wenig später kam sie mit einem Säugling auf dem Arm
wieder. Wenn ich es nicht mit eigenen Augen gesehen hätte, könnte
auch ich es nicht glauben." Die Angst stand ihm ins Gesicht geschrieben.
„Reden Sie weiter, Mister Baker", sagte Bob Nelson locker wie immer.
Roger stotterte hektisch: „Sie legte das Kind in die Mitte des Kreises
und sprach eine Beschwörungsformel. Als das Kind schrie, wurde es
sofort umgebracht. Das ganze Spektakel dauerte eine halbe Stunde.
Anschließend löste sich alles vor meinen Augen in Luft auf. Meine
Selbstbeherrschung hatte ich nicht mehr im Griff, als ich nach oben ging.
Der Strom schaltete sich wieder ein, ohne dass ich eine neue Sicherung
brauchte." „Mein Gott!", sagten beide Inspektoren fast gleichzeitig, „Das
ist ja mehr als grauenhaft." Anne Baker weinte. „Ich habe Angst um das
Baby, was sollen wir nur tun?" „Miss Baker, genau dafür sind wir da,
bitte machen Sie sich keine Sorgen", sagte Bob. „Geister müssen, um sie

unschädlich zu machen, ignoriert werden. Einfach nicht beachten, wenn es wieder geschieht. Gehen Sie nun erst mal nach Hause. Warten Sie ab, wir werden uns in den nächsten Tagen bei Ihnen melden, sobald wir etwas herausgefunden haben." Roger und Anne Baker gingen Hand in Hand zu ihrem Auto, setzten sich in den alten Ford und fuhren weg. Wieder ereignete sich Tage später etwas Grausames im Hause der Bakers. Sie wollten gerade ins Haus gehen und mussten feststellen, dass die Haustür offenstand. Bluttropfen waren zu sehen. Sie befanden sich überall an den Wänden und auf den Teppichen. Sogar die Möbel waren beschmiert. Anne schrie laut und konnte sich nicht beruhigen. Roger versuchte seiner Frau klarzumachen, dass sie schwanger war und an das Kind denken sollte.

Er versuchte das Blut abzuwischen, doch es kam immer wieder durch. Eine große Schrift mit Blut geschrieben tauchte an der Wand auf. Es stand darauf:

„Wir werden Dein Kind holen. Denke nicht, Du bleibst verschont."

Dann plötzlich waren die Schrift und die Blutsflecken verschwunden. Anne und Roger liefen hinauf in ihr Schlafzimmer, schlossen sich ein und kauerten engumschlungen im Bett. Keiner von den beiden traute sich, etwas zu sagen. Die Tage vergingen ohne besondere Zwischenfälle. Inspektor Bob Nelson und Nick Brando forschten eifrig und fanden heraus, nachdem sie fast alle Ämter, Kloster, Stadthäuser und Archive abgegrast hatten, dass dort, wo sich das Haus der Brandos befand, vor einhundert Jahren ein Kloster stand. Die Nonnen die darin lebten, hielten schwarze Messen in den Kellergewölben ab. Als Geschenk für den Herrn, so nannten sie den Teufel, opferten sie neugeborene Kinder. Die Babys bekamen sie von misshandelten Frauen, die im Kloster Schutz suchten. Dabei gingen sie brutal vor. Sie entrissen ihnen regelrecht die Kinder. Die Nonnen warteten erst gar nicht den Geburtstermin ab, sondern schnitten den Müttern einfach den Bauch auf und holten das unschuldige Lebewesen heraus. Meistens starben die Frauen und wurden dann in den Wänden eingemauert. Keiner fragte nach ihnen, sie wurden nie vermisst. Nun waren die beiden Inspektoren gefragt. Durch die Erfahrung, die sie im Laufe der Zeit machten, wussten sie genau, wie sie sich in solchen Situationen verhalten mussten. Nelson und Brando fuhren los, bepackt mit Utensilien, die der Geisterbekämpfung dienten. Am Haus der Bakers angekommen, fanden sie zwei Menschen vor, die kaum noch ein klares Wort sprechen konnten. Sie zitterten am ganzen Leib und erzählten, was in den letzten Tagen passiert war. Die Geisterjäger, so nannten sich die beiden Männer, gingen an die Arbeit. Nick sagte noch: „Bitte packen Sie das Nötigste ein, Sie werden vorläufig in ein Hotel gehen. Sie bleiben so lange dort, bis wir Sie rufen."

Für Nick und Bob begann jetzt der schwierige Teil. Sie warteten die Dunkelheit ab. Etwas mulmig war ihnen schon, zumal sie in Erfahrung gebracht hatten, welche grausamen Dinge an diesem Ort einst geschahen. Nick stellte eine Infrarotkamera auf und schaltete sie ein. Bob montierte noch gerade ein Geräuschaufnahmegerät, das auch die feinsten und leisesten Töne aufzeichnete. Plötzlich hörten sie mystische Gesänge. Sie gingen in den Keller. Sprechchöre und Beschwörungsformeln drangen an ihre Ohren. Sie trauten ihren Augen nicht. Das, was sie sahen, ließ sie vor Schreck erstarren. Eine Teufelsanbetung mit sechs Nonnen die sich im Kreis aufgestellt hatten. In der Mitte des Kreises weinte ein Baby. Die Nonne ging hin und schrie: „Hör auf zu jammern Du armselige Kreatur." Sie klebte dem Säugling den Mund zu, bis es sich nicht mehr bewegte. Die Gesänge wurden immer eindringlicher.

„Wir müssen handeln Bob", flüsterte Nick. Noch ehe der Gedanke zu Ende gedacht war, tauchte über den Nonnen, oberhalb des Deckengewölbes, ein riesiger Kopf auf. Grausam verzerrt die Fratze, feuerrote Augen und Blut rann ihm aus dem Maul. „Der Teufel persönlich", sagte Bob, „ich werde mindestens ein Jahr lang Albträume haben. Wir brauchen Feuer. Alles muss verbrannt werden."

Nick fand einen Kanister mit Benzin in der anderen Ecke des Kellers. Sie schütteten alles auf den Boden. Damit es heftig brennen konnte, trugen sie Pappe und Papier zusammen. Es brannte lichterloh, die Flammen schlugen gnadenlos zu und fraßen sich durch das ganze Haus. Dann vernahmen sie noch eine Stimme, die hysterisch schrie: „Freut Euch nicht zu früh, wir kommen wieder!"

Nick und Bob mussten beide von der Straße aus mit ansehen, wie das Haus niederbrannte. „Es ist wohl besser so", meinte Nick. Roger und Anne bekamen ein Ersatzhaus. Dafür sorgten die Bewohner des Stadtteils. Sie spendeten und gaben dem jungen Paar alles, was sie erübrigen konnten. Alle hielten fest zusammen, denn jeder konnte der nächste in diesem Gruselkabinett sein. Das neue Haus stand am anderen Ende des Stadtteils. Es war zwar etwas baufällig, aber alle packten mit an, um es wieder herzurichten. Mit Kleiderspenden und gebrauchten Möbeln wurden sie versorgt. Lange würden sie brauchen, um darüber hinwegzukommen. Aber sie lebten, und nur das war wichtig. Ob es nun im Stadtteil Manhattan in Zukunft ruhiger werden würde, wusste man nicht so genau. Jedoch Nick und Bob hielten sich stets bereit, um jederzeit den Kampf mit dem Bösen aufzunehmen.

Balkon zum Jenseits

Aus der Polizeiakte:

... Weiterhin konnte eine Manipulation nicht festgestellt werden. Der Fall ‚Tote auf dem Balkon', Aktenzeichen SD3-OG55SK7, wird hiermit geschlossen. Kriminalkommissar Hans Schemberg, 06.05.2015 Stuttgart.

Ja, dann ist es ja gut, das ist dann wohl die kürzeste Kurzgeschichte, die es je gab. Nun, im Ernst, da steckt viel mehr dahinter. Ich bin Journalistin und recherchiere über Internetmobbing, mein Name ist Beate Dresens vom Kurier. Über diesen Fall wurde viel berichtet, viel recherchiert, nicht nur durch die Kripo, sondern auch vom Bauamt. Aber irgendwie lagen alle etwas daneben. Damit will ich mich nicht größer machen, aber ich entdeckte da etwas.

Alles begann wohl, so meine Recherche, im Juni 2014. Frank Alwendi, ein erfolgreicher junger Manager einer Produktionsfirma hier in Stuttgart, ersteigerte im Internet eine Eigentumswohnung. Man muss sich vorstellen, für 17.000 Euro. Also, ich bitte Sie, liebe Leser, dafür gibt es gerade mal einen Kleinwagen, ohne Bett und Küche. Und fließendes Wasser nur im Motorkühler. Auf jeden Fall war der Haken daran, dass mindestens 125.000 Euro in die Renovierung fließen mussten. Eine neue Tapete und Gips reicht da nicht. Alwendi begann nun mit den Maßnahmen, zunächst der Fußboden und die elektrischen Leitungen. Die Fenster sollten im Zuge mit dem maroden Balkon als nächstes auf dem Plan stehen. Zwischen Balkon und Mauerwerk sah man einen zwei Zentimeter großen und etwa 120 Zentimeter langen Riss. Wasser drang ein, im Winter sprengte das Eis alles weiter auseinander. Der rechte Stahlträger war marode und rostete. In der Firma lief es, wie gesagt, für Frank sehr gut. Bis auf den Tag, an dem die zielstrebige Ilona Meiering vorstellig wurde und ihre Idee verkaufen wollte.

„Es tut mir leid, Frau Meiering, aber wir können mit unseren Kunststoffen Ihre Idee nicht realisieren, sorry!", sagte Frank Alwendi. „Na dann vielleicht auf einen Kaffee?", entgegnete Ilona Meiering. Reserviert und doch sehr höflich lehnte der Manager ab.

Heute wurden im Wohnzimmer neue Steckdosen verlegt. Frank hatte es eilig, den Zettel an der Windschutzscheibe steckte er beiläufig ein. Herrlich verchromte Teile ließ er sich einbauen, für mich als Frau war das wunderbare daran, trotz Verchromung, dass man keine Fingerabdrücke sah. Also einen Polizeibericht dürfte ich nicht schreiben, der wäre vier Mal so lang, wie der von Kommissar Schemberg.

Ach ja, der eingesteckte Zettel. „Einen Sekt bei mir heute? Ich wohne unter Ihnen! Liebe Grüße Ilona." Frank ignorierte den Zettel, schließlich würde gleich seine Verlobte Angelika nach Hause kommen.

Die Tage vergingen mit fleißiger Arbeit und Stuck-Arbeiten im Wohnzimmer. Von nun an klemmte jeden Tag ein Zettelchen unter dem Scheibenwischer. Ab jetzt kamen auch Anfragen in sozialen Netzwerken.

Ab jetzt wurde Ilona sehr aufdringlich. In der Firma lief es weiterhin gut. Frank Alwendi sollte die Werksprodukte in China vorstellen, auch die Staaten waren sehr interessiert. Der Manager war durch seine Kompetenz, sein Benehmen und Aussehen bestens geeignet dafür. Ach ja, Angelika war die Tochter vom Chef, das musste ich noch erwähnen. Aber ich finde auch, dass Frank gut aussieht. Ich dürfte wirklich keinen Polizeibericht schreiben.

Ein lange vergessenes Urlaubsbild sorgte dann für schlechte Laune. Ein Strandbild mit Svenja, das vor etwa drei Jahren aufgenommen wurde. Angelika und Frank waren seit zwei Jahren ein Paar. Svenja war eine Urlaubsduselei. Nur, auf dem Foto, war jetzt Ilona zu sehen, lediglich der Kopf, man wusste ja, was mit der Bildbearbeitung so alles möglich war. Zunächst war das Bild in den Netzwerken. Frank schaute nur gelegentlich hinein, aber die fast 2.600 User sahen und teilten es.

Die Wohnung wurde für den Einbau eines Kamins vorbereitet. Frank sicherte die Balkontür mit einem Kindergitter ab. Jetzt konnte die Tür offenstehen, ohne dass der kleine Paul, Angelikas Sohn, auf dem maroden Balkon in Gefahr kam.

Frank sah, dass der Eisenträger fast durchgerostet war, jetzt wurde es höchste Zeit für Erneuerung. Das manipulierte Urlaubsbild hing am anderen Tag an allen Bäumen in der Straße, klemmte an Autos, ja, es drang bis in die Firma vor, auch zu Angelika. Frank öffnete seine Seite im sozialen Netzwerk und sah die Bescherung. Das Konto war gehackt.

Ilona führte praktisch einen Liebesdialog mit sich selbst in Franks Account. Löschen nutzte nichts mehr, der Schaden war zu groß. Angelika trennte sich von Frank, die Firma kündigte fristlos mit dem Grund:

„Herr Frank Alwendi ist für die Firma Deg... und Co KG untragbar geworden."

Es begannen Depressionen bei Frank Alwendi, sozialer Abstieg und Geldnot, aber das Stalking ging weiter. Frank versäumte es einfach, die Kripo einzuschalten. Der ehemalige Top-Manager war am Ende.

Die ersten sonnigen Tage im April 2015. Ilona sonnte sich auf ihrem Balkon, es war Sonntag. Sie schlief ein, bemerkte den feinen Staub nicht, der von oben wehte, vom oberen Balkon. Dort nahm Frank eine Eisenstange der Monteure und drückte den maroden Balkon langsam und mit aller Kraft aus der Verankerung.

Wie oben im Polizeibericht zu lesen war, konnte Kommissar Schemberg nur einen traurigen Zufall erkennen und keine weiteren Spuren finden.

Eine junge Frau war scheinbar im falschen Augenblick am falschen Ort. Aber aus meiner Sicht, natürlich subjektiv gesprochen, trug sie selbst die Schuld daran.

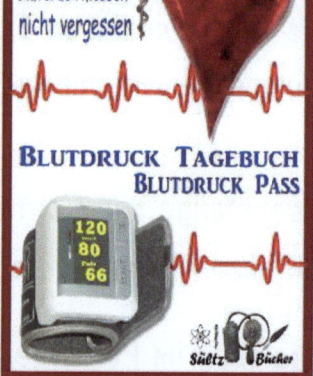

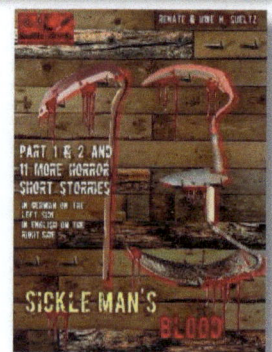